IM SCHLAF LAUERT DER TOD

HOWARD-CASPAR-REIHE
BUCH 14

ANDREW HOLLAND

GIB DEINEM TAG EINEN THRILL
MIT DEN BÜCHERN VON ANDREW HOLLAND

IM SCHLAF LAUERT DER TOD

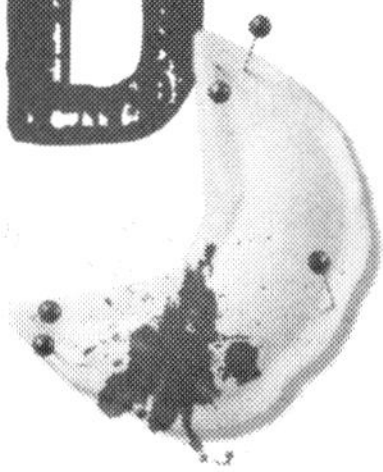

Andrew Holland

Postfach 1608

63406 Hanau

andrew.holland@gmx.net

Covergestaltung: HollandDesign, Bruchköbel

Covermotiv erstellt von HollandDesign unter Verwendung von shutterstock, @IMG Stock Studio

ISBN der verfügbaren Taschenbuchausgabe: 979-8336610567

Independently published

Lektorat: klein & schwer, http://lektorat-klein-schwer.de

1. Korrektorat: Jasmin Kraft

2. Korrektorat: Elisabeth Liepold

Social Media Kontakt:

https://www.facebook.com/HowardCaspar

Amazon: https://www.amazon.de/AndrewHolland/e/B01LVZGQW3

ÜBER DAS BUCH

Sie geht abends schlafen und am nächsten Morgen liegt ihr Ehemann blutüberströmt neben ihr auf dem Bett. Er ist tot und ihr dreijähriger Sohn spurlos verschwunden.

Du denkst im Schlaf kann dir nichts passieren? Nie hast du dich mehr getäuscht.

Laurens Leben wird zu einem Albtraum, aus dem es kein Erwachen gibt. Eines Morgens wacht sie blutüberströmt auf, neben ihr liegt die Leiche ihres Mannes. Er wurde brutal ermordet und von ihrem Sohn fehlt jede Spur. Der Verdacht fällt auf Lauren, die keine Erinnerung an die Nacht hat. Obwohl sie ihre Unschuld beteuert, wird sie festgenommen. Doch wo steckt das Kind?

Als Howard und sein Team hinzugezogen werden, finden Sie heraus, dass mehr hinter der schrecklichen

Tat steckt. Es gibt ähnliche Fälle und es scheint, dass sie einem Serienkiller auf die Spur kommen. Es beginnt ein Wettlauf gegen die Zeit, wenn sie den Jungen lebend finden wollen.

Dieser Thriller kann ohne Vorkenntnis zur Reihe gelesen werden.

Die Howard-Caspar-Reihe erfreut sich großer Beliebtheit und hat bei ihren Lesern bereits Kultstatus erreicht.

Leserstimmen zu den Büchern von Andrew Holland:

»Gut durchdachte Handlung, fesselnd und spannend bis zum Schluss.«

»Nervenaufreibend!«

»So muss ein Thriller sein!«

»Unglaublich spannend. Man kann nicht anders, als die Bücher von Andrew Holland in einem Rutsch durchzulesen.«

ÜBER DEN AUTOR

Andrew Holland ist gebürtiger Amerikaner, der vor zwanzig Jahren in Frankfurt am Main seine große Liebe gefunden und geheiratet hat. Er wurde 1970 in der Nähe von Washington geboren und hat als Restaurantleiter gearbeitet, bevor er für die Frau seines Lebens nach Deutschland ausgewandert ist.

In seiner Freizeit denkt er sich gerne Geschichten aus und treibt viel Sport.

Die Idee zu seinem Debütroman »Wie sehr willst du leben?« hatte er, als er darüber nachdachte, wie sehr man an seinem eigenen Leben hängt. Wäre man bereit, es für ein anderes zu opfern?

Er lebt glücklich mit seiner Familie in der Nähe der Gebrüder-Grimm-Stadt Hanau.

Alle E-Books und Taschenbücher erscheinen derzeit exklusiv auf Amazon. Mit »Sie kamen nie zurück« gelang Holland erstmalig der Einzug in die Top 5 der allgemeinen Kindle E-Book-Charts. Über drei Wochen war das Buch in den BILD-Bestseller-Charts vertreten.

Alle Bücher waren mehrere Wochen in den Top 100 der Amazon E-Book-Charts vertreten.

WEITERE LIEFERBARE TITEL

Howard-Caspar-Reihe

Wie sehr willst du leben? (1)

Wovon träumst du? (2)

Lass uns spielen! (3)

Im Namen der Tochter (4)

Sie kamen nie zurück (5)

Highway des Todes (6)

Tödliches Misstrauen (7)

Lautloser Feind (8)

Die Haut meines Mörders (9)

Denn zum Töten sind sie da (10)

Spur aus Blut (11)

Schöpfer des Todes (12)

Ruf der Leere (13)

Im Schlaf lauert der Tod (14)

Heute stirbst du (Sammelband 1) (1-3)

Die Bestimmung des Todes (Sammelband 2) (4-6)

Tödliches Ende (Sammelband 3) (7-10)

Wie sehr willst du schweigen (Sammelband 4) (11-12)

Violent-Crime-Unit Reihe:

Du warst ganz allein (1)

Sie sind nicht schuld (2)

Er war immer so nett (3)

Du hast die Wahl (4)

Sie waren nie fort (5)

Eurocrime-Reihe:

Verschwunden in der Dunkelheit (1)

Weitere Thriller:

Eiskalter Hauch der Rache

LIKE

Die letzte Rache

Meine Bücher sind auch als Hörbuch bei der Hörbuchmanufaktur Berlin erschienen.

Folgen Sie meiner Facebook Seite unter https://fb.me/andrewhollandbooks

Folgen Sie dem Autor auf Amazon, um keine Neuerscheinung mehr zu verpassen.

GIB DEINEM TAG EINEN THRILL

NEWSLETTER

JETZT DEN NEWSLETTER ABONNIEREN UND
IM SOMMER 2021 KOSTENLOS DOWNLOADEN!

Sichere Dir Dein kostenloses Exemplar mit Deiner Anmeldung zum Newsletter. Der Beginn der Howard-Caspar-Reihe steht ausschließlich den Abonnenten zum kostenlosen Download zur Verfügung und wird es nicht zu kaufen geben. Es handelt sich um einen Kurzroman.

FBI Agent Howard Caspar wird nach seiner Ausbildung in Quantico der Einheit für Bundesverbrechen in Washington zugeteilt. Direkt an seinem ersten Tag kommt er mit einem besonders kniffligen Fall in Berührung. Ein Serienmörder versetzt Washington D.C. in Angst und Schrecken, indem er junge Frauen foltert und anschließend brutal in ihren eigenen vier Wänden ermordet. Als Howard Caspar das Motiv erkennt, beginnt eine erbarmungslose Jagd auf den Mörder ...

Für Simone.
Danke für Deine Inspiration und Unterstützung.
Vielen Dank an meine treuen Leserinnen und Leser.

Andrew Holland

Die Kategorisierung in »Gut oder Böse« gehört zu den gewaltigsten Grundbeständen unseres moralischen Kompasses. Doch was geschieht, wenn das persönliche Werteurteil ins Schwanken gerät?

Andrew Holland lädt seine Leserinnen und Leser ein, Empathie für den Täter zu empfinden, ohne sich dabei selbst zu verlieren.

KAPITEL EINS

Wie konnte ihr Leben eigentlich so aus dem Ruder laufen? So oft hat sie sich in den letzten Jahren diese Frage gestellt und nichts, aber auch rein gar nichts dafür getan, um es doch wieder in die richtigen Bahnen zu lenken.

Die Rituale, die Lauren Riggs für ihren dreijährigen Sohn Dean eingeführt hat, sind für sie selbst fast so wichtig wie für ihn, wenn nicht sogar alles, was ihr Halt gibt. Die Liebsten sind ihr die am Abend vor dem Schlafengehen. Wenn es draußen langsam dunkel wird, es im Haus still ist und sie sich eine Auszeit von ihrem Leben nimmt. Für Dean. Aber wenn sie ehrlich zu sich sein müsste, sind sie in erster Linie für sie ganz allein.

Lauren Riggs ist aber nie ehrlich zu sich selbst.

Sie lebt ein Leben, das sie so nicht gewollt hat, das sie aber auch nicht mehr ändern kann … oder will.

Während Dean in ihrem Arm liegt und sie etwas aus dem Dinosaurierbuch vorliest – er ist seit mehr als einem Jahr in dieser Phase und alles in seinem Zimmer deutet auf seine Liebe zu den Urzeitwesen hin – spürt sie an seiner Atmung, dass er jeden Moment einschlafen wird. Zu gerne würde sie ihn schütteln und daran hindern, um die Zeit mit ihm hinauszuzögern, aber sie tut es nicht. Wie jeden Abend. Sie gönnt sich allerdings einige Minuten, wenn er schläft, und bleibt mit dem Buch in der Hand bei ihm, genießt jede Sekunde, lauscht seinen Atemzügen, streichelt ihm durch die lockigen Haare und wünscht sich, dieser innige Moment würde nie enden.

Schließlich kriecht sie widerwillig unter der Decke hervor, deckt ihn ordentlich zu und gibt ihm einen sanften Kuss auf die Stirn. Das Buch legt sie auf den Nachttisch neben die Lampe, die sich langsam im Kreis bewegt und mit ihrem sanften Licht verschiedene Dinosaurier auf die Wände projiziert.

Nächste Woche feiern sie seinen vierten Geburtstag, und damit dieser Tag perfekt wird, hat sie vor Monaten schon mit den Vorbereitungen und Planungen begonnen. Weniger seinetwegen, sondern, weil sein Vater es erwartet. Perfekte Familie, mit perfekten Geburtstagspartys. Es ist wichtig für ihn, also ist es ihre Aufgabe, ihn dabei zu unterstützen.

Lauren steht noch eine ganze Weile in der Tür,

beobachtet den kleinen Körper unter der Decke und wünscht sich für einen Augenblick, eine kleine Fee auf seiner Schulter zu sein, um für immer an seiner Seite zu bleiben, ihn zu beschützen und niemals diese böse Welt an ihn ranzulassen. In diesem Zimmer ist sie wie er, ein Kind auf einem anderen Planeten, in einem Paralleluniversum, doch sobald sie die Schwelle übertritt, geht sie durch ein Tor in die Wirklichkeit. Mit jedem Tag fällt es ihr schwerer, das Zimmer zu verlassen.

Lauren streift ihren Rock glatt, steckt die Bluse zurück in den Bund, schließt die Tür und geht lautlos die Treppe hinab in den Flur, wo sie in die Pumps schlüpft und einen langen Blick in den Spiegel an der Garderobe wirft. Sie wird sich den Lippenstift nachziehen müssen und die Haare ordentlich kämmen, bevor Steven heimkommt. Ansonsten ist die Frau, die ihr im Spiegel entgegensieht, so wie er es erwartet. Augenbrauen gezupft, dezent geschminkt, wacher Blick ... perfekt. Lauren weiß von anderen Frauen – nicht aus ihrem Bekanntenkreis –, die ihre Männer in Jogginghose, ausgeleierten Shirts, albernen Hausschuhen, und ungeschminkt begrüßen. Wie Steven kann sich Lauren so etwas nicht vorstellen. Auch, dass man sich etwas vom Asiaten oder einem Pizzalieferdienst bestellt. Sie kocht selbst, putzt und kümmert sich um die Wäsche. Abends legt sie seine Kleidung für die Kanzlei heraus, morgens bereitet sie sein Frühstück zu. Ausnahmen kommen nicht infrage. Diskussionen sind fehl am Platz.

Jede Familie hat ihre Regeln, und wer ist sie, diese zu hinterfragen?

Steven wird heute pünktlich nach Hause kommen, wie eigentlich jeden Abend – außer am Wochenende oder wenn er auf einer Konferenz ist –, es gab in den vergangenen fünf Jahren keine Abweichung, das erlaubt er sich und auch ihr nicht. Sein und ihr Leben und das von Dean ist einem strengen Zeitplan unterworfen. Wenn man diesen kennt und respektiert, gibt es keine Schwierigkeiten. Er ist Lauren mittlerweile in Fleisch und Blut übergegangen. An wenigen Tagen im Monat fragt sie sich, was sie ohne ihn machen würde. Vermutlich wäre sie nicht lebensfähig. Es gibt allerdings Momente, in denen sie nicht an alles denkt. Nur eine Kleinigkeit, der Kleiderbügel ist nicht aus Holz, oder die Hose nicht richtig gefaltet, ein Salatblatt welk, eine Strähne in ihrem Haar steht ab, eine Laufmasche in der Strumpfhose, ein Fleck auf dem Messer, das Glas steht einen Millimeter zu weit entfernt auf dem Tisch, die Zahnpasta liegt in einer anderen Schublade, eine Blüte verwelkt im Blumenstrauß, den sie jeden Montag und Mittwoch liefern lässt ... Anfangs kam es oft vor, mittlerweile ist Lauren so routiniert wie Steven. Aber manchmal ...

Er ist ihr Ehemann. Er kümmert sich um sie und um Dean. Er hat jedes Recht, zu bekommen, was er von ihr erwartet. Es liegt ja an ihr, wenn sie mit den ihr zustehenden Stunden verschwenderisch umgeht.

. . .

An diesem Abend hat sie keine Fehler gemacht, ihm das Essen bereitet, das er erwartet – Cesar Salad mit gebratenem Hühnchen und selbst gemachten Croûtons –, ihn an der Haustür mit einem Kuss empfangen, den richtigen Wein und Mineralwasser ausgesucht, nach einer Weile für Sex zur Verfügung gestanden und ihm anschließend den Nacken massiert. Manchmal erzählt Steven von seinen Mandaten, Staatsanwälten oder Richtern, aber das blieb ihr heute erspart. Das bedeutet, er wird sich im Büro verkriechen, einen Whiskey trinken, während sie alles wegräumt und die Küche in Ordnung bringt, und ins Bett kommen, wenn sie bereits schläft. Wenn es so läuft wie heute, hat sie ein paar Minuten, um in einem Liebesroman zu lesen. Einem, der sie nicht fesselt und am Schlafen hindert, sondern leichte Kost. Wenn die Buchstaben vor ihren Augen verschwimmen, legt sie das Buch auf den Nachttisch, löscht das Licht, dreht sich auf den Bauch und schläft sofort ein.

Schlaf ist tückisch. Nicht planbar. Man schläft, und in der nächsten Sekunde ist man halb wach oder hellwach, weiß nicht, wo man sich befindet: noch im Traum oder in der Wirklichkeit? Lauren hat in den letzten Jahren gelernt, sofort aus dem Bett zu springen und ihre Routinen einzuhalten, aber heute liegt sie wie paralysiert unter der Decke und starrt in die Luft, während ihr Unterbewusstsein drängt, dass sie aufzustehen hat. Ihr Hals kratzt, als würde sie eine Erkältung ausbrüten, die Augen fühlen sich verklebt an, es fällt ihr unendlich schwer, sie geöffnet zu lassen. *Keine Grippe. Bitte keine Grippe.* Sie zieht ihre Hand unter der Decke hervor und greift sich an die Stirn. Etwas Feuchtes, Warmes läuft über ihre Augenbrauen und irgendetwas fällt aufs Bett. Es riecht seltsam, als sie einen tiefen Atemzug nimmt. Steven öffnet doch nachts die Fenster, oder nicht? Es riecht nach Kupfer.

»Steven?« Ihre Stimme hört sich nach ihrer an. So wehrlos, krank. Ja, sie ist krank. Ihr Kopf schmerzt, der Magen zieht sich krampfhaft zusammen. *Bitte nicht kotzen.* Steven hasst das Geräusch. Lauren schluckt mehrmals und schließt für einen Moment die Augen.

»Steven?« Sie klingt in ihren Ohren so schwach, ihr Hals kratzt immer mehr.

Es ist hell im Zimmer, nicht mehr nachts. *Mein Gott, wie spät ist es?* Langsam dreht Lauren sich auf die Seite, bemüht, ihren Brechreiz zu unterdrücken, die Kopfschmerzen zu ignorieren. Ihre Glieder fühlen sich bleischwer an und zunächst registriert sie nicht einmal, dass etwas nicht stimmt, sehr wohl aber, dass die Bettdecke in dunkelrote Farbe getaucht ist. Dass ein Gegenstand gegen ihre Schulter gepresst ist, einer, der ihr Schmerzen bereitet. Je weiter sie sich in Richtung Stevens Bettseite beugt, desto stärker wird der Geruch, und sie erkennt einen hellen Fleck auf dem

Boden, doch selbst dann versteht ihr Gehirn noch immer nicht, was los ist. Lauren richtet ihren Blick auf den Stuhl, auf dem sie Stevens Kleidung für heute vorbereitet hat. Alles liegt noch an seinem Platz. So wie sie es gestern, bevor sie ins Bett gegangen ist, für ihn hergerichtet hat. Ist er im Badezimmer? Nein, sie hört kein Wasser, keine Nachrichten aus dem Radio, nicht die elektrische Zahnbürste. Er würde sie nie weiterschlafen lassen. Etwas stimmt nicht. Ihr Magen dreht sich erneut und Lauren muss aufpassen, dass sie nicht erbricht. Steven ist noch hier, er würde es ihr niemals verzeihen, wenn sie die Bettwäsche vollkotzen würde. Selbst, wenn sie alles saubermacht.

Die Uhrzeit. Lauren dreht sich zu ihrem Nachttisch und starrt auf den Wecker. Sieben Uhr. *Nein, nein, nein*. Hier stimmt etwas nicht.

»Steven!«

Nichts.

Lauren schlägt die Decke zurück und setzt sich auf. Den Schmerz in ihrem Kopf, den Schwindel und ihren Magen ignoriert sie. Wackelig steigt sie aus dem Bett und wankt in Richtung Badezimmer. Aus den Augenwinkeln erkennt sie etwas auf dem Boden neben Stevens Seite. Mit den nackten Füßen steht sie in etwas Kühlem, Nassem.

Schau nicht hin.

Lauren macht einen Schritt vor den anderen.

Schau nicht hin.

Etwas in ihrem Magen bahnt sich den Weg nach oben, zwischen ihre Brüste, den Hals. Sie rennt zur

Toilette und beugt sich über die Schüssel, um würgend alles rauszulassen, was sie quält. Zitternd legt sie den Kopf auf den Rand, im Mund sammelt sich Speichel, der über die Mundwinkel ins Klo tropft. Keine Kraft mehr, um den Kopf zu heben. Es ist ihr absolut egal, ob Steven unter der Dusche steht und sie sehen kann. Er hasst kotzende Frauen, aber sie ist nun mal krank, nicht betrunken.

Wie lange kauert sie nun schon vor dem Klo?

Dean!

Er müsste längst wach sein. Lauren betätigt die Spülung und rennt, ohne sich den Mund auszuwaschen, ins Kinderzimmer.

Blut.

Überall.

An den Wänden, in seinem Bett, auf dem Teppich, der Dinosaurierlampe, die sich noch immer dreht. Aber Dean ist nicht hier. Lauren rennt zum Bett, schlägt die Decke zurück. Kein Dean.

»Dean!«

Steven. Ihr Ehemann weiß, was zu tun ist.

Er weiß absolut nicht, was zu tun ist, denn er liegt tot auf dem Boden neben dem Bett, alles voller Blut, ein Messer auf ihrer Decke. Seine Augen starren blicklos nach oben.

Dean! Wo ist ihr Junge?

»Bleiben Sie stehen!«

»Polizei!«

»Auf den Boden, Hände über den Kopf!«

»Dean!«

Etwas – jemand? – packt sie, sie wird zu Boden geworfen. Strampelnd will sie sich befreien von den eisenharten Griffen, die sie am Boden halten.

»Nein! Mein Sohn ... Dean!«

»Sie ist völlig übergeschnappt.«

»Elektroschocker.«

KAPITEL ZWEI

EIN PAAR WOCHEN ZUVOR

Er meint es nur gut. Er liebt sie, er kümmert sich um sie, um Dean, tut alles, damit es ihnen gut geht, und was macht sie? Ja, was in Gottes Namen macht sie? Obwohl sie ganz genau weiß, dass Steven ausschließlich frische Kuhmilch aus einer Glasflasche trinkt, hat sie die haltbare Milch aus dem Karton gekauft, weil der Supermarkt nur noch die auf Lager hatte. Lauren hätte in einen anderen Markt fahren können, aber Dean war quengelig, und sie wollte einfach nur nach Hause. Wie egoistisch von ihr.

Sie hat sich ausschließlich um den Haushalt zu kümmern. Einkaufen, kochen, Dean versorgen, Steven alles, was nicht mit seinem Job zu tun hat, abzunehmen, ihm helfen, zu entspannen ... Soll er ihr wirklich ständig sagen, dass er sie liebt, sie ausführen, romantisch sein? Manchmal wünscht sie sich es. Meistens funktioniert sie aber einfach nur.

Lauren sitzt auf dem Toilettendeckel, den Kopf in die Hände gestützt, die Schmerzen in ihrem Rücken ignorierend, aber gegen den tosenden Sturm in ihrem Herzen, ihrer Brust ankämpfend.

Warum bin ich eine so schlechte Ehefrau?

Wie hatte sie denken können, dass er es nicht merken würde, wenn sie keine frische Milch kauft? Rechtfertigungen, Erklärungen prallten an ihm ab.

»Was würdest du sagen, wenn ich einfach mal einen Monat kein Geld mit Hause bringen würde?« Drohend hatte er vor ihr gestanden, die Augen weit aufgerissen, der Mund verzerrt, den Gürtel in der Hand.

»Ach, entschuldige, liebe Lauren. Diesen Monat gibt es kein Geld, tut mir schrecklich leid.« Er wanderte vor ihr auf und ab und schnalzte den Gürtel in der Hand, stellte sich vor sie. Lauren wusste, was das bedeutete. Er hatte einen schlechten Tag, er brauchte ein Ventil, er musste sich an ihr abreagieren, weil er das nicht vor seinen Vorgesetzten, Klienten, Freunden kann. Es ist einfach so, dass keine Argumentation durch sie, kein Argument, das sie vorbringt, ihn davon abhalten kann. Sie hat es auszuhalten, denn sie ist die schlechte Ehefrau, die keine frische Milch eingekauft hatte, weil sie einfach nicht nachgedacht hat, weil sie sich nicht mehr erinnert hat, wie bösartig er werden kann, wenn sie diesen kleinen Wunsch nicht erfüllt.

»Du bist nicht mehr die Frau, die ich geheiratet habe.« Er hat gemurmelt, aber sie hat ihn auf dem Weg zum Badezimmer gehört. Jedes seiner Wörter. Sie haben sie getroffen, wie Kugeln aus einer Waffe, wie jeder Schlag auf ihren Rücken.

Sie ist wirklich keine gute Ehefrau.. Sie hat diesen Wunsch nicht respektiert, dachte, er würde auch mit der Alternative zufrieden sein. Dabei weiß Lauren, wie jähzornig Steven sein kann. An jedem anderen Tag wäre es ihm vermutlich nicht einmal aufgefallen, aber ausgerechnet heute eben schon. Sie hätte in den letzten Tagen auf seine Stimmung achten sollen, dann hätte sie gemerkt, dass etwas auf der Arbeit nicht gestimmt hat.

Lauren streckt den Rücken durch und hält die Luft an, weil die empfindliche Haut durch die frischen Striemen spannt und Blut hinabläuft. Sie hat es verdient, seine Züchtigung, eine Erinnerung an ihre Aufgaben in ihrer Ehe.

Das Groteske an der ganzen Sache ist, dass er nach diesen Ausbrüchen der Mann ist, von dem sie in den wenigen Momenten träumt. Den sie liebt. Sobald er sich beruhigt hat, kommt er zu ihr, versorgt ihre Wunden, schenkt ihr Aufmerksamkeit, sachte, sanft. Steven entschuldigt sich nicht, nein. Mit rauer Stimme erklärt er, welchen Fehler sie gemacht hat, und sie versichert ihm, dass es nicht wieder vorkommen wird. Niemals weinen, niemals betteln, das kann er nicht leiden.

Wenn sie alles richtig macht, hat sie für ein paar Stunden den Mann an ihrer Seite, den sie liebt, den aus ihren Träumen, der sie auf Händen trägt.

Und dann fragt sie sich, ob sie nicht manchmal mit

Absicht Fehler macht, damit er, wenn er mit ihr fertig ist, dieser eine Mann ist. Nur für ein paar Stunden ...

KAPITEL DREI

Es war ein Traum. Ein sehr realer wirkender Traum, aber es ist nicht passiert.

Allerdings ist das hier nicht ihr Schlafzimmer. Hat sie auf der Couch im Gästezimmer übernachtet, weil Steven schnarchte?

Nein, das sind nicht ihre Vorhänge, nicht ihr Fenster, nicht ihre Couch und nicht ihr Bett.

»Dean!«

Lauren setzt sich auf, will aus dem Bett springen, aber ihre Hände und Füße sind fixiert. Wie in Watte oder in eine geleeartige Masse getaucht, so fühlt sie sich.

»Sie ist wach.«

»Na endlich, dann kann sie uns sagen, was vorgefallen ist.«

»Bitte warten Sie auf den Arzt.«

»Es geht hier um ein Kind ...«

Ein Kind? Was ist passiert? Lauren dreht sich zu den Stimmen, es ist niemand zu sehen.

»Lasst mich los.« Doch ein Traum? Aber es ist alles so real.

»Ich muss jetzt zu ihr, Sir.«

»Und wir müssen sie sprechen.«

»Sobald ein Arzt da war. Ich muss Sie auffordern, zu warten.«

Stille und dann kommt eine junge Frau auf Lauren zu.

»Was ist hier los?« Lauren bewegt die Hände, aber sie sind so fest fixiert, dass sie nach kurzer Zeit schmerzen.

Die Frau bleibt am Bettende stehen und lächelt ein warmes Lächeln. »Es wird alles wieder gut. Gleich wird ein Arzt kommen.«

»Nein, nichts wird gut. Ich will wissen, was hier los ist.«

Die Frau lächelt erneut und geht.

Lauren zerrt an den Gurten, die sie am Bett festhalten. »Hey, kommen Sie zurück. Was ist hier los?«

Die Frau nickt und verlässt das Zimmer.

»Was ist passiert? Wo ist mein Kind?« Ein Gefühl der Hilflosigkeit rast durch ihren Körper. Es beginnt in der Brust und es breitet sich auf ihre Glieder, Muskeln aus. »Nein! Dean!« Vielleicht kann sie die Fesseln lösen, wenn sie nur stark genug zappelt. Aber nach wenigen Minuten merkt sie, wie sinnlos es ist. Die einzige Möglichkeit, die Lauren sieht, um Antworten zu bekommen, ist zu schreien. Tränen laufen ihr über die Wangen, ihre Kehle schmerzt, und die Schreie werden unterbrochen durch Hustenanfälle. Aber sie gibt nicht auf. Sie muss wissen, was mit Dean ist. Was ist passiert? Warum wird sie hier festgehalten? Sie ist doch das Opfer. Jemand hat Steven ermordet und ihren Sohn mitgenommen.

Etwas ist nicht in Ordnung. Spätestens, als dieser ungepflegte Mann, der seinen Mundgeruch durch einen Pfefferminzkaugummi zu kaschieren versucht, vor ihrem Bett steht und nicht eine einzige ihrer Fragen beantwortet.

Irgendwann nuschelt er: »Wir wollten Sie auch fragen, wo Ihr Sohn ist, Mrs. Riggs.«

KAPITEL VIER

ANDERTHALB TAGE SPÄTER

Howard Caspar erinnert sich noch an die Zeit, als er im Publikum gesessen hatte und jedes Wort aufsaugte, was die jeweiligen Spezialisten vorgetragen hatten. Als junger, angehender FBI-Agent hätte er sich niemals vorstellen können, dass er selbst einmal hinter dem Rednerpult stehen würde. Bald würden die Anwärter ihren Abschluss machen und ihre eigenen Karrieren innerhalb des FBI anstreben. Er war mit seinem Team als Spezial Unit innerhalb des *Buero* vorgestellt worden, um die nächsten fünfundvierzig Minuten über den *Missing Twins* Fall zu sprechen und Fragen zu beantworten.

»Wasser.« Er pausiert und blickt in die Runde, bis er die Aufmerksamkeit aller Teilnehmer auf seiner Seite hat. »Wasser ist geruchs- und farblos, so lange, bis es von uns Menschen mit Zusätzen versetzt wird.« Thomas Land, der IT-Analyst aus seiner Einheit, wechselt auf eine Folie, auf der die Analyse der

Zusammensetzung des Wassers, das in der Lunge eines Opfers gefunden wurde, aufgeführt ist. Howard erzählt den Zuhörern, dass genau dieser Bericht zur Auflösung des damaligen Falles geführt hatte. Trotz aller ebenso grausamen Fälle, die er mit seinem Team in den letzten Jahren erfolgreich zum Abschluss bringen konnte, beschäftigen ihn die *Missing Twins* bis heute. Howard vermag es nicht, sich vorzustellen, wie es den überlebenden Geschwistern ergangen sein muss. Sie waren freigekommen und mit den Worten »Ich habe sie getötet. Ich habe meine Schwester getötet« aufgegriffen worden. Der Killer ließ den Geschwistern die Wahl, wer sterben musste.

Howard erzählt im Folgenden über forensische Analyse, Befragungstechniken, Überwachung und Zusammenarbeit mit anderen Strafverfolgungsbehörden, als Instructor Ben Sherman den Vortrag unterbricht und Howard einen Zettel überreicht. Anschließend wendet er sich ans Publikum, aber was er sagt, registriert Howard nicht. Er gibt Thomas ein Zeichen und verlässt die Bühne. Stimmengemurmel folgt ihm bis auf den Flur.

»Ein Junge, knapp vier, ist verschwunden.« Howard eilt durch den Gang. Thomas läuft ihm nach. »Du müsstest die Daten dazu auf deinem Tablet haben. Wir fliegen in zwanzig Minuten nach Detroit. Rick, Kathlyn und Joshua sind schon unterwegs.« Thomas fragt nicht, sagt nichts, sondern hält mit ihm Schritt. Vermutlich kann er es nicht erwarten, die Infos zu diesem Fall abzurufen. Genauso geht es Howard, denn dass man ihn und sein Team anfordert, bedeutet, dass es sich bei diesem Fall um alles andere als eine übliche Kindesentführung handelt. Das Kind ist bereits seit anderthalb Tagen verschwunden. Die Chance, es lebend zu finden, sinkt mit jeder weiteren Stunde, sie ist in den ersten vierundzwanzig Stunden am höchsten.

Der Jet ist bereits startbereit, als sie mit dem Hubschrauber landen, und hebt keine fünf Minuten später in den Morgenhimmel ab.

»Also, worum geht es genau?« Howard beobachtet ungeduldig Thomas, der auf sein Tablet blickt und parallel dazu das Notebook auf den Tisch stellt, um es anzuschalten und das Tablet in Howards Richtung zu schieben.

»Vorgestern Morgen wurde die Polizei von Detroit wegen lauten Schreien in der Nachbarschaft in eine ruhige Wohngegend gerufen. Die Officers fanden eine verstörte, blutverschmierte Frau im Nachthemd vor, sie kniete im Kinderzimmer. Zuvor haben sie sich gewaltsam Zutritt verschafft.« Thomas deutet auf das Tablet, auf dem die Tatortfotos zu sehen sind. Während Howard sie betrachtet, spricht Thomas weiter. »Im Schlafzimmer lag neben dem Bett ihr toter Ehemann. Todesursache scharfe Gewalt. Laut gerichtsmedizinischem Bericht wurde vierzigmal auf ihn eingestochen. Das Messer, die Tatwaffe, lag auf dem Bett, übersät mit den Fingerabdrücken der Ehefrau.« Howard zieht das Bild des Schlafzimmers größer. Die Wände, Decke, der Fußboden. Alles ist mit

Blut bedeckt. Er wischt zum nächsten Bild. Türrahmen und die Wände im Flur zeigen Blutspuren, als sei die Frau anschließend rausgegangen. In das nächste Zimmer. Das Kinderzimmer.

»Das Bett, Spielsachen auf dem Boden, Wände waren blutverschmiert. Von dem Kind fehlt jede Spur.«

»Von wem war das viele Blut?« Howard blickt nicht auf, sondern sieht sich die weiteren Fotos an. Er bleibt bei den Bildern der Ehefrau hängen.

»Dem Ehemann. Keinerlei Einbruchsspuren, nichts deutet auf einen Kampf oder Raub hin. Der Mann wurde im Schlaf überrascht und starb durch den ersten Stich ins Herz.«

»Übertötet«, murmelt Howard. Der Angreifer war sehr wütend. »Was hast du zur Familie?«

Thomas liest die Informationen vom Bildschirm seines Notebooks ab. »Lauren Riggs, sechsunddreißig, Hausfrau und Mutter eines dreijährigen Sohnes, Dean, seit zehn Jahren mit Steven Riggs verheiratet, in Detroit geboren und zur Schule gegangen, keine lebenden Verwandten. Für ein Stipendium an der Uni war sie nicht gut genug, also arbeitete sie als Kellnerin und hat an der Abenduni eine Ausbildung zur Rechtsanwaltsgehilfin gemacht, wo sie ihren Mann in der Kanzlei kennenlernte, in der sie gearbeitet hat. Keine Vorstrafen.« Thomas räuspert sich und trinkt ein Schluck Wasser, bevor er weiterspricht. »Nachbarn und Kollegen ihres Mannes haben sie als zurückhaltend beschrieben, keine Hobbys.« Thomas blickt am

Monitor vorbei zu Howard und zuckt mit den Achseln. »Alles klingt für mich nach einem dominanten Ehemann, der seiner Frau nicht erlaubt hat, ihren eigenen Interessen nachzugehen. Also ein prima Motiv.«

Howard winkt ab. »Keine voreiligen Schlüsse, Thomas. Aber, ja, wir sollten diesen Punkt nicht außer Acht lassen.«

Thomas nickt und liest weiter vor. »Steven Riggs, zweiundvierzig Jahre alt, in Detroit aufgewachsen, hat an der School of Law University of Detroit Mercy seinen Fachanwalt in Steuerrecht gemacht und als Jahrgangsbester abgeschlossen. Er war in mehreren kleineren Kanzleien tätig, bis er einen großen Fisch an Land gezogen hat, eine größere Holding, die ihn schließlich zu einer der größten Kanzleien brachten, wo er Lauren Riggs als Assistentin zur Seite gestellt bekam und diese nach einem halben Jahr heiratete. Keine lebenden Verwandten, er wird als geselliger, genauer Anwalt beschrieben, der kurz davor war, als Partner einzusteigen. Er hatte keine Feinde, und die Ehe sei laut Kollegen, Freunden und Nachbarn sehr harmonisch gewesen. Keine Vorstrafen oder unbezahlte Hypotheken. Und«, er blickt wieder zu Howard, »Lauren Riggs hat nach der Hochzeit gekündigt und ist zu Hause geblieben.« Er hebt eine Braue, als wolle er sagen »hab ich doch gesagt«.

»Also gab es niemanden, der vielleicht ausgesagt haben könnte, dass Steven Riggs seine Frau geschlagen hat?«

Thomas schüttelt den Kopf. »Die detaillierten Zeugenaussagen findest du unter der gleichnamigen Kachel auf dem Home-Bildschirm. Ich habe sie schon gelesen und für dich zusammengefasst.«

Howard blickt zum Tablet und wieder zu Thomas. Dann schiebt er ihm das Gerät rüber. »Wie komme ich da hin?«

Thomas schürzt die Lippen. »Wohin?« Er gluckst, nimmt aber das Tablet in die Hand und wischt darauf herum, als er es ihm wieder reicht.

Howard nimmt es entgegen und beginnt zu lesen.

»Ach. Das Wichtigste habe ich noch nicht erwähnt.«

Howard liest weiter. »Leg los.«

»Später im Krankenhaus hat Lauren Riggs ausgesagt, sie würde schlafwandeln und könne sich an nichts erinnern. Auch nicht daran, wo ihr Sohn ist.«

Howard legt das Tablet auf den Tisch und sieht auf. »Wie bitte? Wurden ihre behandelnden Ärzte befragt? Gibt es dazu eine Akte?«

Erneut schüttelt Thomas den Kopf.

Trotz der grausamen Anschuldigungen, für die Lauren Riggs verhaftet worden war, erkennt Howard einen gefassten Glanz in ihren Augen mit der Sicherheit, dass sie unschuldig ist. Diesen Blick kennt er von all den Serienkillern, mit denen er in den vergangenen Jahren zu tun hatte. Aber er sieht noch etwas anderes. Ein über die Jahre antrainiertes Verhalten. Sie verbirgt ihr wahres Gesicht. Ob sie eine Psychopathin ist, die ihren Mann brutal abgeschlachtet und daraufhin ihr

Kind getötet hat, vermag er noch nicht zu sagen, denn sie trägt die Maske der glücklichen Ehefrau auf jedem Foto, das er sich ansieht.

Wenn die Frau die Täterin war, warum waren sie hinzugezogen worden? Es war offensichtlich, dass sie die Tat nicht wiederholen würde. Außer, dass jede Spur von dem Kind fehlt, ist dieser Fall eigentlich eine Sache der örtlichen Polizei.

Als hätte Thomas seine Gedanken erraten, beantwortet er die ungestellte Frage: »Es könnte sich um einen Serientäter handeln. Die Tat ähnelt einem Muster in anderen Bundesstaaten, angefangen vor zwei Jahren.«

KAPITEL FÜNF

Man hat sie festgenommen, Fingerabdrücke genommen, Fotos gemacht, sie durchsucht, alles fortgenommen. Mit einem Bus wurde sie in ein Gefängnis gebracht. Dort hatte man sie nackt ausgezogen, in sämtliche Körperöffnungen geschaut und mit einer Decke und neuer Kleidung in eine Zelle gebracht, die sie mit einer anderen Frau teilen muss. In einem Plastikbeutel händigte man ihr eine Zahnbürste, Zahnpasta, Klopapier und ein winziges Handtuch aus. Wie erstarrt blickte sie auf die Toilette an der Wand und das Waschbecken daneben.

Egal, wie oft sie fragt, sie bekommt keine Antwort auf ihre Frage, wo Dean ist. Immer die gleichen Fragen von verschiedenen Personen, Lauren weiß nicht mehr, wie oft sie schon gesagt hat, dass alles ein Missverständnis sein muss. Sie hat keine Ahnung, was vorgefallen ist. Warum glaubt ihr niemand? Sucht überhaupt jemand nach Dean? Ob sie jemanden anrufen will? Nein, wen sollte sie schon anrufen? Stevens Freunde? Es sind nicht ihre Freunde. Und seine Kollegen aus der Kanzlei würden ihr nicht helfen.

Sie ist ganz allein.

So allein, wie sie es in ihrer Ehe war. Was ist nur geschehen? Hat sie ihn tatsächlich umgebracht? Doch was hat sie mit Dean gemacht? Auch getötet? Nein, das könnte sie niemals tun. Sosehr sich Lauren auch anstrengt und versucht, an diese Nacht zu denken, was passiert ist, in ihrer Erinnerung befindet sich nur ein schwarzes Loch, das alle Ereignisse jener Nacht eingesaugt hat. Vielleicht träumt sie. Aber der Traum dauert viel zu lange, und Lauren kennt luzides Träumen. Man kann keine Uhrzeit ablesen, seine Finger nicht zählen. All das hat sie bereits zigmal überprüft. Zumindest, bis ihr die Uhr abgenommen wurde. Doch die Hände erkennt sie klar und deutlich. Sie träumt nicht.

Die Frau im Bett über ihr redet, schreit, klettert die Leiter herunter und brüllt durch die Gitterstäbe. »Lasst mich hier raus. Ich blas dem Scheißwärter den dreckigen Schwanz für ein bisschen Crack.«

Aus den anderen Zellen brüllen Frauen zurück. »Halts Maul, du Schlampe.« Dann kotzt sie sich die Seele aus dem Leib und bleibt über der Toilettenschüssel liegen. Lauren muss pinkeln, aber sie hält es zurück, starrt auf die Matratze über sich und versucht, die Frau zu ignorieren, die keinen Meter von ihr über dem Klo hängt. Morgen wird sich alles aufklären. Ganz sicher. Wer auch immer das getan hat, würde aufgegriffen werden und man würde sie mit Dean wieder vereinen. Lauren ist das Opfer. Das wird man bald wissen.

Sie würde mit Dean wegziehen. Wo es sonnig ist. Kalifornien oder Florida und dort ganz neu anfangen.

KAPITEL SECHS

Howard wendet seinen Blick ab. »Serienkiller?«

»Oklahoma, vor zwei Jahren. Vanessa Mines tötete ihren Ehemann Wayne, der achtjährige Sohn Adrian verschwand spurlos. Mines behauptete, sie würde schlafwandeln, könne sich an nichts erinnern. Sie nahm sich in einer Nervenheilanstalt ein halbes Jahr danach das Leben. Adrian wurde nie gefunden. Ein Jahr später gab es einen ähnlichen Fall in Illinois. Alexandra Wise kam bei einem Angriff im Gefängnis ums Leben. Auch sie behauptete, sie sei Schlafwandlerin, auch ihr Sohn James, zehn Jahre alt, ist bis heute spurlos verschwunden.«

»Riggs könnte von den Fällen gehört haben.«

Thomas nickt zustimmend. »Diese Informationen wurden nie an die Presse gegeben. Mines sowie Wise und auch Lauren Riggs waren nicht in Behandlung. Die Schlafstörung war nicht aktenkundig bei Fachärzten, niemand wusste davon. Also könnte Riggs nicht davon gewusst haben. Abgesehen davon, dass sie zu den Tatzeiten Detroit nicht verlassen hat. Sie hat wie immer ihr Kind in den Kindergarten gebracht und pünktlich wieder abgeholt. Kreditkartenabrechnungen von Supermärkten belegen die Aussage außerdem.«

»Welche Gemeinsamkeiten gibt es noch?«

»Ich muss alle Akten durchsehen, dann kann ich mehr sagen. So viel vorab, an beiden Fällen arbeiteten Agents von der Verhaltensanalyse, und die treffen wir in der FBI-Außenstelle in Detroit. Steven Winters hat sie angefordert, weil er die Verbindung in der ViCAP Datenbank entdeckte.« Hier traut Thomas ihrem Chef allerdings etwas zu viel zu, denn Howard ist sich sicher, dass ein Analyst auf Winters Assistentin zukam und die den Fall Winters vortrug. Aber, dass Winters sich morgens hinsetzt und die Datenbank des FBI durchforstet, kann er sich nicht einmal annähernd vorstellen. Die Informationen über ungeklärte und besonders schwere Gewaltverbrechen sammelt und analysiert ViCAP, um Serienverbrechen zu identifizieren und aufzuklären. Sie ermöglicht die Zusammenarbeit zwischen verschiedenen Strafverfolgungsbehörden und unterstützt bei der Aufdeckung von Verbindungen zwischen scheinbar isolierten Straftaten.

Howard seufzt. »Also werden wir es mit Kollegen zu tun bekommen, die bereits tief in den Fällen stecken und uns als Fremdkörper betrachten.« Es ist schon schwer genug, mit örtlichen Polizeibehörden gut zusammenzuarbeiten, aber in ein eingespieltes FBI-

Team zu platzen, ist noch einmal eine andere Nummer.

Thomas lächelt und blickt endlich auf. »Ich weiß, was du meinst, aber die Agents sind sehr dankbar für unsere Unterstützung.«

»Dankbar?« Howard schnaubt lachend. »Das mussten sie notgedrungen sagen. Egal«, sagt er und macht eine wegwerfende Handbewegung, »um wen handelt es sich?«

Thomas schnappt sich das Tablet, wischt und tippt darauf herum und schiebt es Howard rüber, ohne einen Kommentar über die Hassliebe Howards mit elektronischen Gerätschaften abzugeben.

»SSA Rachel Cook, achtunddreißig, kam vor fünf Jahren zum FBI, Außenstelle New York City, wurde als Profilerin im aktiven Dienst zu besonders schweren Verbrechen hinzugezogen. War Jahrgangsbeste in Quantico, davor hat sie im Morddezernat in Los Angeles als Detective gearbeitet. Hintergrund steht auf den folgenden Seiten. Du musst einfach nach unten wischen.« Thomas macht die Handbewegung vor und grinst, als er Howards verkniffenen Blick bemerkt. Während Howard ihre Akte studiert, fährt Thomas fort: »Gavin Steward, zweiundvierzig, zehn Jahre FBI, drei Jahre Morddezernat in Vegas, zwei beim DEA als verdeckter Ermittler. Seine Akte kommt direkt nach Cooks.«

Howard nickt ihm zu und fordert ihn auf, weiterzusprechen.

»Das Team wurde vor dreieinhalb Jahren in Quantico gebildet. Es wurde auf einen Fall um eine Reihe vermisster Teenager in Ohio angesetzt, den sie nach weniger als drei Tagen erfolgreich gelöst und einen Serientäter festgesetzt hatten.«

»Ja, davon habe ich gehört. Der Täter sah in ihnen seine Schwestern, die einem schrecklichen Brand zum Opfer gefallen waren. Am Ende hat sich herausgestellt, dass er selbst das Feuer gelegt hat, weil die Schwestern sich zeitlebens über ihn lustig gemacht hatten. Kevin James war infolge einer Alkoholsucht während der Schwangerschaft seiner Mutter körperlich und geistig eingeschränkt.« Howard wischt weiter zu Gavins Akte.

»Die Erfolgsquote liegt seither bei nahezu neunzig Prozent. Seit einem Jahr arbeiten sie parallel an dem, wie sie es intern nennen, Sleepwalker-Fall. Hier muss ich die Akten erst sichten.«

»Es wäre einfacher gewesen, wenn Steward und Cook mit uns geflogen wären«, überlegt Howard. »Ich meine natürlich Rachel und Gavin.« Vornamen verwendet er erst dann, wenn jemand fest zu seinem Team gehört.

»Sie sind bereits vor Ort«, murmelt Thomas abwesend, eingenommen von den Informationen, die er dem Speicher seines Laptops entnimmt.

Während Thomas in seine Arbeit vertieft ist, sieht sich Howard noch einmal die Tatortfotos an und liest die Aussagen der Mordverdächtigen Lauren Riggs durch. Bislang fällt ihm keine Ungereimtheit auf. Anschließend klickt er auf die Videos, die während der

Vernehmungen aufgezeichnet wurden, und sieht sie sich nacheinander an. Wie auf den Fotos wirkt sie gefasst, als hätte ihr jemand gesagt, wie sie sich Autoritätspersonen gegenüber verhalten soll. Entweder ist Lauren eine sehr gute Schauspielerin, eine durchgeknallte Psychopathin oder tatsächlich unschuldig. An Letzterem hält sie sich fest. Und das ist nicht einmal das Beunruhigende an der ganzen Geschichte. Es liest sich tatsächlich so, als wüsste sie absolut nicht, was mit ihrem Sohn passiert ist.

Steven Riggs scheint völlig überrascht worden zu sein, denn es waren keine Abwehrspuren an ihm zu finden. Laut Befund war der erste Stich tödlich direkt ins Herz gegangen. Die neununddreißig weiteren Verletzungen waren tief, über den Rumpf verteilt und mit großer Wut auf ihn eingegangen. Als man Lauren Riggs in den frühen Morgenstunden auffand, war sie über und über mit seinem Blut bedeckt. Ihr Ehemann war durch die grausame Attacke aus dem Bett gefallen und wurde auf dem Bauch liegend in seiner Blutlache gefunden. Howard betrachtet die Bilder der Frau, die die Spurensicherung aufgenommen hatte, um Spritzer im Labor analysieren zu können. Im vorläufigen Bericht steht, dass alles darauf hinweist, dass Lauren Riggs ihren Ehemann getötet haben könnte. Es könnte aber auch sein, das denkt Howard, dass ein weiterer Täter Lauren entsprechend platziert hatte und mit ihr im Schlaf gemeinsam weiter auf Steven eingestochen hat. Dann aber hätte sie sediert sein müssen, denn so tief vermag niemand zu schlafen. Der Täter könnte ihr

Ketamin verabreicht haben, eine Droge, die nach einigen Stunden nicht mehr im Körper nachzuweisen ist.

»Denken wir mal laut und glauben Lauren Riggs, dass sie unschuldig ist.« Howard schiebt das Tablet von sich und lehnt sich im Sitz zurück. »Wie ist der Killer ins Haus gekommen und wie hat er es unbemerkt mit dem Kleinkind verlassen? Wie hat er, ohne, dass Lauren Riggs wach geworden ist, vierzigmal auf den Ehemann eingestochen und keine Spuren hinterlassen?« Ein organisierter Killer hätte all das problemlos hinbekommen, einer, der die Familie kannte, deren Gewohnheiten. Einer, der die Riggs gezielt ausgewählt hat, der weiß, wo er genau zustechen muss und einer, der Lauren sediert hat.

»Laut medizinischem Befund, konnten bei Lauren Riggs keinerlei Schlafmittel oder Sedativa nachgewiesen werden. Auch Steven Riggs war laut toxikologischem Bericht frei von Drogen.« Thomas sieht nicht von seinem Monitor auf.

Die Verbindung zwischen den Opfern müsste sich offenbaren, wenn Howard mit seinem Team mit der Verhaltensanalyse tiefer in die anderen Fälle einsteigt. Leider sind beide Frauen tot und stehen nicht zur Befragung zur Verfügung. Wenn das FBI in beiden Fällen ermittelt hat, werden ihnen die Ergebnisse daraus hoffentlich mehr Informationen liefern.

»Die Kinder wurden nie gefunden?«

Endlich blickt Thomas auf. »Keine Spur.«

Howard seufzt. Er weiß nicht, was in dem Fall

besser ist. Dass keine Leichen gefunden wurden, denn diese Tatsache erhöht die Chance, dass Dean Riggs noch am Leben ist oder die Kinder außer Landes geschafft wurden, dann wäre Dean vermutlich längst fort und sie würden auch ihn nie wieder sehen. Aber auch, wenn man die Überreste bislang noch nicht gefunden hat, bedeutet das nicht zwangsläufig, dass sie noch leben. Die Zeit ist ihr klarer Gegner. Der erste Tag ist bereits ohne Ergebnisse vergangen und somit auch die Chance, Dean Riggs lebend zu finden.

KAPITEL SIEBEN

Die Nacht war grauenhaft. Lauren hat nicht geschlafen, bestimmt sieht sie schrecklich aus. Wenn Steven sie so sieht, wird er sehr, sehr böse sein. Dann fällt ihr ein, dass Steven sie nie mehr sehen wird. Vor Entsetzen über diese Erkenntnis und all das, was passiert ist, was sie übrigens immer noch nicht wirklich begreifen kann, vergisst sie fast die stinkende Frau, die sie gestern Nacht irgendwann von der Klobrille geschubst hat, um sich zu erleichtern.

Es wird hell und sie sitzt noch immer mit angewinkelten Knien auf ihrer Matratze und starrt auf die Wand vor sich. An den Gestank in der Zelle hat sie sich mittlerweile gewöhnt. Sie nimmt ihn nur stärker wahr, wenn sich die Frau auf dem Boden bewegt, weil ihr Körper von Krämpfen durchgeschüttelt wird. Eine erlösende Rettung durch einen Wächter, der sie hier rausholt und erklärt, man habe den Mörder ihres

Mannes gefunden und Dean würde auf der Polizeiwache auf sie warten, bleibt weiterhin aus.

Die Zellentüren öffnen sich kreischend, eine Durchsage ertönt über einen Lautsprecher, dass die Insassen hinaustreten sollen, aber Lauren bleibt wie erstarrt sitzen. Noch immer liegt die Frau auf dem Boden. Vielleicht lebt sie nicht mehr, aber dann murmelt sie etwas, steht allerdings nicht auf.

»Raus aus der Zelle.« Eine rundliche Frau, deren Uniform viel zu klein scheint, macht einen Schritt nach vorn in die Zelle. Sie stolpert fast über die Frau am Boden und schimpft vor sich hin. Dann spricht sie in ein Funkgerät. »Sanitäter in den A-Block, Zelle Drei-Null-Eins.« Dann wendet sie sich Lauren zu. »Und du kommst raus.« Lauren starrt sie an, unfähig sich zu bewegen. »Wird's bald.«

Lauren rutscht vom Bett, streckt sich und unterdrückt einen Schmerzensschrei, als die Frau sie unsanft am Arm hinauszieht.

»Wir sind hier nicht im Hilton. Wenn ich sage, raus hier, dann heißt das sofort.« Sie schubst sie in den Gang, wo Laurens Blick auf die anderen Frauen fällt, die sie neugierig anschauen. Sie senkt den Blick und setzt sich automatisch in Bewegung, als sie aus den Augenwinkeln bemerkt, dass die Gefangenen dem Gang nach links folgen. Wenn sie nicht auffällt, lässt man sie in Ruhe, das redet sie sich ein. Jetzt wünschte Lauren sich, sie hätte die Shows im Fernsehen geschaut, wo es ums Gefängnis geht, solche, die mehrere Staffeln lang sind und spannende

Geschichten über Frauen erzählen, die dort gelandet sind. Aber sie hatten keinen Fernseher, kein Abo für einen Streamingdienst und die Zeit fehlte Lauren sowieso. Steven hatte die Bücher ausgewählt, die sie lesen durfte, und darunter gab es keine Kriminalromane. Ohnehin war sie abends viel zu müde, um noch etwas Anspruchsvolles zu lesen. Darum war sie immer froh, dass er seichte Dramen oder Liebesromane für sie auswählte. Was hätte es ihr auch genutzt, wenn sie jetzt wüsste, wie es in einem Frauengefängnis zugeht? Wahrscheinlich sind die Shows, Bücher und Dokumentationen längst nicht so nah an der Realität, als dass ihr das Wissen darum jetzt helfen würde.

Der Geruch von Speck, Eiern, altem Fett und Schweiß weht um ihre Nase, als sie dem Gang um eine Biegung folgt, und langsam wird auch das Geplauder der Frauen vor und hinter ihr lauter. Frühstück. Obwohl ihr Magen knurrt, verspürt sie keinen Hunger.

»Setzt du dich zu mir?« Eine raue Stimme hinter ihr.

Lauren schluckt die Galle runter, als sie die Kantine betritt und die Gerüche noch stärker werden, ihren Magen kitzeln. Sie schüttelt den Kopf, bereit zum Kotzen.

»Hee, wieso nich?«

Lauren sieht nicht auf, folgt den Füßen vor ihr, bis sie stehen bleiben.

»Ich rede mit dir, Bitch.« Die Frau zupft an Laurens Ärmel herum. »Weiße Schlampe.« Dann stößt sie Lauren nach vorn.

Lauren berührt niemanden, aber Angst kriecht in ihre Brust.

»Okay, ich setze mich zu dir.« Sie sagt es leise und ohne aufzusehen.

Die Frau grunzt. »Geht doch.«

Dass es so viele unterschiedliche Arten von Schweißgeruch gibt, hat Lauren nicht gewusst, und sie atmet durch den Mund, nur um festzustellen, dass der Trick nicht funktioniert. Es ist heiß und stickig, mittlerweile sehr laut, und ihr Magen knurrt nicht mehr, sondern dreht sich in alle Richtungen, wenn das überhaupt funktioniert.

»Warum bistn hier?«

»Das ist ein Missverständnis«, murmelt Lauren.

»Du bist ja ›ne Lady, redest wohl nicht viel, was?«

Lauren schüttelt den Kopf.

»Ich bin Candice.«

Lauren ist an der Essensausgabe angekommen. Jemand stellt ihr ein Tablett auf die Theke. Jetzt schaut Lauren auf. »Kann ich nur einen Kaffee haben?«

Die große, schlanke Frau mit orangefarbenen Haaren lacht und breitet die Arme aus. »Na klar. Wie hättest du ihn gerne? Laktosefreie, zuckerarme Mandelmilch mit einem Schuss Vanille und Sahne obendrauf? Süßstoff, richtig, Süße? Auf welchen Namen geht der Kaffee?« Um sie herum lachen die anderen Frauen.

»He, Mel, ich hätte gerne einen Frappuccino, für Linda, bitte.«

»Geht klar«, sagt die Frau, die wohl Mel oder

Melanie heißt. »Also Süße, da ist dein Becher«, sie zeigt auf einen Metallbecher auf dem Tablett, »und Kaffee kannst du dir aus den Kannen da vorne nehmen, wenn noch welcher da ist.«

»Komm schon.« Candice schiebt Lauren an einen Tisch und setzt sich vor sie. »Platzier deinen weißen Arsch.«

Lauren stellt das Tablett ab und lässt sich auf den Stuhl fallen. Sie nimmt den Becher in die Hand und sucht im Raum nach den Kannen, die Mel gerade erwähnt hat.

»Du bist ja echt voll die Marke, ey.«

Erst jetzt schaut Lauren sie an und weiß instinktiv, dass Candice es keineswegs gut mit ihr meint. Sie hat überhaupt kein Problem mit Farbigen, viele Kollegen von Steven sind farbig und wenn ihr Ehemann eine Party gegeben hat, hat Lauren sie und ihre Familien kennengelernt. Aber diese Frau vor ihr scheint einen anderen Weg eingeschlagen zu haben. Die Tätowierungen, zwei kleine Tränen, unter ihren Augen, die List, die ebendiese ausstrahlen, die verhärmten Gesichtszüge, die auch zu einem Mann gehören könnten, all das strahlt Dominanz, Gewaltbereitschaft und Hass auf die Welt aus. Sie ist sehr klein, drahtig, ihre Oberarme durchtrainiert, die Haare sind zu stacheligen Zöpfen geflochten. Wenn sich ihre Lippen zu einem Grinsen öffnen, erkennt Lauren eine Menge Lücken im Kiefer.

Candice stopft die fettigen Speckstreifen in den

Mund und lässt eine Gabel voll Rührei folgen. Den Mund wischt sie mit ihrem Ärmel ab.

»Willst du nicht?« Sie deutet auf Laurens Tablett, die den Kopf schüttelt und noch immer nach den Kannen sucht. Candice greift nach dem Speck auf Laurens Teller und deutet nach hinten, während sie kaut. »An der Wand stehen die Kaffeekannen.«

Lauren bewegt den Becher hin und her, unfähig aufzustehen, denn dann müsste sie an den anderen Frauen vorbeigehen, die sie unverhohlen angaffen und ganz offensichtlich über sie reden. Aber sie braucht unbedingt einen Kaffee, egal, wie schlecht er schmeckt.

»Wenn du dich nicht beeilst, gibt's keinen mehr.« Candice stochert mit der Gabel in Laurens Rührei herum.

Das alles ist nur ein Missverständnis, das sich ganz bald aufklären wird. Lauren beißt auf ihre Wange, streicht das Haar zurück, steht auf und durchquert den Raum. Dabei ignoriert sie die Pfiffe, die Rufe, die Gespräche, sieht nur nach vorn zu ihrem Ziel und stellt den Becher unter eine der vier Kannen. Es kommt ein kleiner Klecks raus, dann nur noch ein paar Spritzer. Das wiederholt sie bei jeder Kanne, bis der Becher halb voll ist. Es gibt keine Milch, Zucker oder Süßstoff. Sie sieht sich um und würde am liebsten hier rausrennen, den Becher hinter sich werfen. Einfach abhauen. Aber sie geht zurück an den Tisch und nimmt einen Schluck. Es schmeckt nach warmem Wasser, so als hätte jemand Lebensmittelfarbe hineingegeben, um das Gebräu als Kaffee anzubieten. Tapfer trinkt sie einen weiteren Schluck.

Candice beobachtet sie, schlägt mit der Handfläche auf den Tisch und lacht. »Schmeckt wie Scheiße.«

Lauren stellt den Becher ab und entscheidet sich binnen weniger Sekunden fürs Überleben, und das kann sie nur, wenn sie dieses Spiel mitspielt. Denn spielen kann sie. Das hat sie gelernt.

»Ist das Katzenpisse?« Sie lehnt sich zurück und verschränkt die Arme.

Mit großen Augen starrt Candice sie an und lacht wieder. »Du gefällst mir, Bitch.«

Wenn sie all die Jahre Steven und seine bescheuerten Freunde sowie Kollegen täuschen konnte, dann müsste ihr das mit den minderbemittelten Frauen hier im Gefängnis erst recht gelingen.

»Lauren Riggs, du hast Besuch.« Ein Wärter greift ihren Arm und zieht sie hoch.

»Lass mich los, du Schwanzlutscher.« Besuch? Wer kommt sie besuchen? Dean? Haben sie ihn gefunden? Hat sich alles aufgeklärt?

»Steh auf und komm mit.« Der Griff wird unsanft, und sie unterdrückt ein Wimmern.

»Ja, mach dir nicht ins Hemd, Mann.« Lauren steht auf und folgt dem Wärter nach draußen. Erst dann entspannt sie ihre Muskeln.

»Haben Sie meinen Sohn gefunden? Lebt er?«

Der Wärter antwortet nicht.

Es klärt sich alles auf.

Gleich bin ich hier raus, und ich werde nie wieder an all das denken.

KAPITEL ACHT

Das FBI-Gebäude in Detroit, auch als Detroit Field Office bekannt, befindet sich in der Innenstadt. Special Agent in Charge David Burrow erwartet sie bereits und begleitet Howard und Thomas in die oberen Stockwerke, wo sein Team und die Profiler in Gespräche vertieft sind. Man hat ihnen einen geräumigen Meetingraum zur Verfügung gestellt. Alle im Raum bemerken die Neuankömmlinge sofort und stellen die Gespräche ein.

Thomas setzt sich mit seinem Notebook an den Tisch und verbindet das Gerät mit dem Beamer, während Howard die Jacke ablegt und am Kopfende stehen bleibt. Burrow verlässt den Raum und schließt die Tür hinter sich.

»Wir sollten uns nicht lange mit Geplänkel aufhalten. Ein Kind ist verschwunden, und das Auffinden hat höchste Priorität. Was haben wir also bis jetzt?« Howard blickt in die Runde vor sich und sieht Cook und Steward wenige Sekunden länger an als seine Teamkollegen. Er lächelt und nickt ihnen kurz zu.

Rachel Cook strafft die Schultern und fixiert ihn mit festem Blick. »Die Abteilung für Kindesentführung ist informiert. Wir haben das nahe Umfeld der Familie geprüft, aber niemand kommt infrage. Die Befragungen von Lauren Riggs liefen ins Leere, sie behauptet, dass sie sich nicht erinnern kann. Sie ist gestern in die Untersuchungshaftanstalt überführt worden.«

Howard hebt eine Hand, um sie zu unterbrechen. »Rick und Kathlyn, befragt sie noch einmal.« Beide stehen auf und verlassen den Raum.

»Es gab bislang noch keine Lösegeldforderung, kein Einbruch, keinen Diebstahl.« Jetzt spricht Gavin Steward. »Wir haben die registrierten Pädophilen überprüft.«

»Passt nicht ins Profil«, mischt sich Joshua ein, der Profiler in Howards Team, »da der Vater ermordet wurde. Pädophile haben nur Interesse an dem Kind, sie würden den Eltern nichts antun, um an sie ranzukommen.« Dabei blickt er nicht auf, sondern kritzelt in seinem Notizblock herum.

»Was ist mit dem engeren Umkreis? Wurden Lügendetektortests durchgeführt?« Howard richtet seinen Blick auf Cook und Steward.

»Ohne Ergebnis.« Cook zuckt mit der Schulter.

»Ein Rachemotiv eines Mandanten, dessen Fall Steven Riggs verloren hat?« Das dauert ihm alles zu lang, und es ist mühselig, zwei erfahrene FBI-Agenten nach dem Ermittlungsstand zu fragen, denn sie haben sicherlich nichts übersehen, nach Vorschrift alle Eventualitäten untersucht.

»Dann möchte ich den Tatort noch einmal sehen. Agent Cook, Steward, Sie begleiten mich und teilen mir Ihre Ergebnisse aus den anderen zwei Fällen mit. Thomas, du suchst nach möglichen Verbindungen, Joshua erstelle mir bitte ein vorläufiges Profil. Hier möchte ich, dass du miteinbeziehst, dass Lauren Riggs selbst die Täterin sein könnte.«

Keine zehn Minuten später sitzen sie in einem schwarzen SUV und sind unterwegs zum Haus der Riggs. Cook lenkt den Wagen, während Steward auf dem Beifahrersitz zusammenfasst, wie die Fälle zusammenhängen.

»Vielen Dank, dass Sie uns mit Ihrem Team unterstützen, Agent Caspar«, beginnt er und dreht sich zu ihm. Er wirkt, obwohl seine Augen etwas anderes verraten, voller Adrenalin und hellwach. Howard weiß genau, wie es sich anfühlt, in einem Fall weiterzukommen, egal wie müde, wie gestresst oder wie hoffnungslos etwas scheint, in solchen Momenten ist alles vergessen.

»Wir helfen gerne.« Howard beugt sich vor, um ihm zu signalisieren, dass er ganz Ohr ist.

Steward räuspert sich. »Vor zwei Jahren in Oklahoma hat Vanessa Mines ihren Ehemann, Wayne Mines erstochen. Erster Stich tödlich, übertötet mit neununddreißig weiteren Einstichen. Ihr Sohn, Adrian Mines, acht Jahre alt ist spurlos verschwunden. Der Fall wurde von den örtlichen Polizeibehörden bearbeitet, sämtliche Akten wurden uns erst ein Jahr später übergeben. Zu dem Zeitpunkt war Vanessa Mines tot. Sie hat sich in der Nervenheilanstalt sechs Monate nach der Tat das Leben genommen. Erwürgt mit ihrem Bettlaken. Fremdeinwirkung kann ausgeschlossen werden. Bis zu ihrem Tod versicherte sie in Therapiegesprächen immer wieder, dass sie nicht wüsste, wo ihr Sohn sei und sie ihren Mann nicht getötet habe.«

»Sie sagte aus, sie würde seit ihrer Kindheit schlafwandeln?«

Steward nickt. »Sie war nicht in Behandlung. Es gab keine Dokumentation darüber bei ihren Ärzten und wir haben alle befragt.« Er streicht sich über die Stirn und seufzt. »Vermutlich hat sie es einfach hingenommen, weil sie ohnehin nichts dagegen tun konnte. Verwandte gibt es nicht, die wir hätten fragen können, und Mines hatte keine engeren Freunde, mit denen sie darüber gesprochen hat.« Steward seufzt. »Das Muster ist ziemlich eindeutig, und uns war klar, als wir beim zweiten Fall hinzugezogen wurden, dass wir es mit der Signatur eines Serientäters zu tun haben.« Steward räuspert sich erneut. »Vor einem Jahr hat Alexandra Wise ihren Mann in Illinois getötet, der zehnjährige Sohn Henry ist spurlos verschwunden. Erster Stich war tödlich, neununddreißigmal wurde auf ihn eingestochen. Wise konnte sich nicht erinnern, behauptete, sie würde schlafwandeln, stand unter starken Beruhigungsmitteln, und bevor wir zu dem Fall gerufen wurden, starb sie bei einem Angriff in der Untersuchungshaft.«

»Keine Verwandten, Freunde, keine Dokumentation bei Ärzten, richtig?«

»Alle Befragungen liefen ins Leere.«

Howard denkt darüber nach. »Die Frauen waren zu Hause, der Mann hat gearbeitet. Sie sind alle keiner Arbeit nachgegangen?«

Steward nickt. »Die Viktimologie ist bei allen drei Fällen gleich.«

Howard zieht sein Handy aus der Jackentasche und schreibt eine kurze Nachricht an Stephen.

Lauren Riggs muss in Schutzhaft überführt werden, da er noch nicht genau benennen kann, ob die Frauen unter dem Einfluss des Serientäters standen.

Als er das Handy zurücksteckt, erklärt er den beiden Profilern seine Gedanken. »Auch wenn Lauren glaubt, sie wüsste nicht, was passiert ist, ist sie dem Täter bereits begegnet. Es war eine Begegnung, die für sie vielleicht völlig unwichtig war, aber wir müssen herausfinden, wer dahintersteckt. Und das können wir nur, wenn sie am Leben bleibt. Unser Täter hat sie und die anderen Frauen sorgfältig ausgewählt. Was ist mit den Mitarbeitern der Nervenheilanstalt und des Gefängnisses, in dem Wise ums Leben kam? Ein Sozialarbeiter, Psychologe, Anwalt, jemand Externes, der nachgeholfen haben könnte, dass die Frauen umkamen?«

Steward schüttelt den Kopf.

»Wir haben jeden überprüft, der mit den Frauen Kontakt hatte«, sagt Cook, die an einer roten Ampel hält und sich kurz zu ihm umdreht. Sie haben also keine Verdächtigen, die zu den Zeitpunkten an beiden Orten gewesen waren und irgendwie Kontakt mit den Frauen gehabt haben könnte. Der Täter ist vorsichtig, penibel genau und hat jede Tat sorgfältig geplant. Umso wichtiger ist es, dass Lauren Riggs am Leben bleibt, denn nur sie kennt den Killer, auch wenn es ihr nicht bewusst ist.

KAPITEL NEUN

Kathlyn parkt den Wagen in unmittelbarer Nähe des Wayne County Jail, das sich im Zentrum von Detroit befindet, stellt den Motor aus, schnallt sich ab und hört zu, was Howard über die Freisprechanlage sagt.

»Wichtig ist, dass Lauren Riggs von euch ins FBI-Büro überführt wird. Nicht warum, nicht wie lange. Falls jemand mehr wissen will, notiert euch die Namen der Personen. Der Täter muss glauben, dass sie weiterhin verdächtigt wird. Lasst sie keine Sekunde aus den Augen.«

»Also hältst du sie für unschuldig?« Rick zieht an seiner E-Zigarette und bläst dichten Dampf ins Wageninnere. Es riecht nach Pfefferminze. *Wenigstens nicht nach Käsekuchen*, denkt Kathlyn. Diese Sorte hat immer leicht angebrannt gerochen. Kathlyn weiß aus Erfahrung, dass Rick diese Frage nicht gestellt hat, weil er nicht an die Unschuld der Frau glaubt, sondern weil er mehr Informationen benötigt, um sich sein eigenes Bild zu machen. Ihr geht es genauso, denn aus den Infos, die sie zu dem Fall bekommen haben, geht nicht eindeutig hervor, womit sie es hier zu tun haben.

»Was sagen wir ihr?« Kathlyn weiß von Howard, dass er eine Spur, eine erste Idee verfolgt und hinterfragt noch nicht, was hinter seiner Vorgehensweise steckt.

»Haltet euch noch bedeckt. Ich möchte erst mit euch sprechen, wenn ihr sie abgeholt habt.«

»Geht klar, Boss.« Rick steckt die E-Zigarette in seine Jacke und schnallt sich ab.

Kathlyn trennt die Verbindung und steigt aus dem Wagen. Seit mehr als sechs Monaten ist sie wieder im Einsatz, da Liza im Kindergarten ist und sie für Marcy und sie einen Betreuungsplatz für die Nachmittage beim FBI haben. Es ist der erste Außeneinsatz, bei dem sie vermutlich über mehrere Tage weg sein wird. Howards Eltern kümmern sich um die beiden Mädchen. Dennoch fühlt es sich seltsam an.

»Und was sagst du dazu, dass ich Valerie einen Antrag machen will?« Rick knüpft an das Gespräch vor Howards Anruf an, als sie zum Pförtnerhaus gehen.

»Du willst ihr also zwischen Tür und Angel einen Antrag machen?« Kathlyn zupft sich das Jackett zurecht.

»Was würdest du denn vorschlagen?« Er klingt beleidigt.

»Auch, wenn Valerie eine toughe Frau ist, hat sie

doch was Romantischeres verdient, meinst du nicht?« Sie blickt zu ihm auf.

Er runzelt die Stirn. »Den Ring in einem Kuchen verstecken?«

Kathlyn lacht. Sie ist gut mit Valerie befreundet und weiß, dass ihre Freundin Kuchen hasst. »Essen gehen, mit einem Vier-Gänge-Menü, beim Nachtisch kannst du auf die Knie gehen, ihr deine ewige Liebe schwören und den Ring hervorzaubern, vielleicht?«

Rick grunzt verächtlich. »Ich mach mich doch nicht zum Deppen. Dann klatschen die Gäste auch noch und jeder gratuliert.« Er verzieht das Gesicht. »Und sie fühlt sich dadurch unter Druck gesetzt und sagt nur aus diesem Grund ja. Nee, kommt gar nicht infrage.«

»Wieso fragst du mich dann überhaupt?« Kathlyn grinst und betritt das Pförtnerhäuschen, um sie beide anzumelden.

»Ich dachte, du würdest nicht so was Schnulziges vorschlagen. Das ist doch Klischee.«

Kathlyn meldet sie an und wartet, bis der Beamte in seinem Computer nachsieht und sie an der Kontrolle die Waffen und Handys abgeben müssen. Rick zuckt mit den Schultern, als er die Wertsachen in eine Wanne legt und durch die Sicherheitsschleuse geht. »Ich dachte, es ist romantisch genug, dass ich mein Leben mit ihr verbringen will und sie heiraten möchte.«

Kathlyn unterzeichnet das Protokoll und folgt ihm und einem Wärter, der sie in die Befragungsräume begleitet. Valerie würde vermutlich ohnehin Ja sagen und nicht erwarten, dass er sich etwas besonders Speziell es einfallen lässt. Aber so leicht will Kathlyn es ihm nicht machen.

»Es muss ja kein Restaurant sein, du kannst auch mit ihr an einen besonderen Ort gehen, Kerzen aufstellen, Musik anmachen und sie dort fragen.«

Rick überlegt. »Du meinst unter dem Sternenhimmel?«

Kathlyn nickt. »Zum Beispiel, ja.«

Rick überlegt und nickt schließlich.

Der Wärter bringt sie in einen Besucherraum, der für Anwälte zur Verfügung steht. »Die Gefangene wird gleich gebracht«, sagt er und lässt sie allein.

Sie müssen nicht lange auf Lauren Riggs warten. Sie wirkt müde, die Haare hängen unordentlich über den Rücken, aber sie strafft die Schultern und bemüht sich um einen gefassten Ausdruck, als sie sich setzt und die Handschellen gelöst werden.

»Wir nehmen sie mit, Sir. Ich hoffe, Sie wurden informiert.«

Der Wärter nickt. »Ich begleite Sie.«

»Haben Sie meinen Sohn gefunden?« Lauren Riggs springt auf. Der Wärter spannt die Muskeln an und geht einen Schritt vor, aber Kathlyn nimmt Lauren am Arm und führt sie raus. »Kein Wort mehr«, zischt ihr Kathlyn ins Ohr.

Lauren wehrt sich noch einen Moment gegen ihren Griff, entspannt sich dann aber etwas, dennoch fliegt ihr Blick hin und her.

Kein Wunder, die Frau geht durch die Hölle, denkt Kathlyn und führt sie den Gang hinab. Hinter sich hört sie Ricks Schritte, während sie unablässig weiterläuft und versucht, das Zittern, das von Laurens Körpers ausgeht, zu ignorieren. Nachdem Rick seine Waffe und Handy wieder entgegengenommen hat, legt er Lauren Handschellen an und wartet auf Kathlyn, die ihre Wertsachen aus dem Safe holt. Was auch immer Lauren bei ihrer Festnahme abgeben musste, sie werden es später holen. Keiner sagt ein Wort. Sie unterzeichnet die Papiere und verlässt schließlich mit Rick und Lauren das Gefängnis. Erst als sie im Wagen sitzen, fragt Lauren noch einmal: »Haben Sie meinen Sohn gefunden? Bitte, sagen Sie es mir.«

Kathlyn startet den Motor und setzt zurück. »Noch nicht. Aber Sie sind die Einzige, die uns dabei helfen kann.« Rick sitzt neben Lauren auf der Rückbank und wirft Kathlyn einen vielsagenden Blick zu.

KAPITEL ZEHN

Das Haus liegt in einer ruhigen Wohngegend von Detroit, freistehend, umzäunt, mit einem Tor und einer langen Einfahrt. Riggs muss gut verdient haben, um sich das leisten zu können. Cook öffnet das Tor mit einer Fernbedienung und fährt bis zum Carport vor, ehe sie aussteigt.

Alles ist ruhig und als Howard vor dem Eingang steht, ist es kaum vorstellbar, dass sich hier erst vorgestern ein grausames Verbrechen ereignet haben soll. Eine Tanne legt ihre schützenden Arme über das Dach und lässt kaum Sonnenstrahlen durch. Unwillkürlich zieht Howard die Schultern ein, denn ein Tatort strahlt für ihn immer eine dunkle Aura aus. Es lässt sich nicht erklären, aber die negative Energie ist nach einer solchen Tat noch immer spürbar, auch wenn alle Kollegen darüber lächeln, Howard fühlt sie.

Das Haus und der Garten sind verlassen, nichts wurde hier gefunden. Aus den Berichten weiß

Howard, dass man den Garten komplett umgegraben hat, um das Kind zu finden, aber es ist weiterhin spurlos verschwunden. Nichts hat darauf hingedeutet, dass ein Fremder mit dem Kind durch den Garten geflohen war, keine Einbruchsspuren, dass überhaupt jemand außer den Bewohnern selbst im Haus war. Wie auch immer der Täter es geschafft hat, unbemerkt den Tatort zu verlassen, er hat dabei keine Spuren hinterlassen.

Howard bleibt einen Moment vor dem Haus stehen, um alles in sich aufzunehmen. Es ist etwas anderes, wenn man eine oder zwei Stunden nach der Tat an einem Tatort steht, als wenn man erst viel später die Gelegenheit bekommt, einen solchen zu begutachten. Es ist, als würde die Energie langsam immer schwächer, so als würde sie in der Atmosphäre verpuffen.

Cook und Steward sagen kein Wort. Sie stehen an einem Busch im Vorgarten und beobachten ihn schweigend. Er fühlt sich durch sie keinesfalls unter Druck gesetzt. Das empfindet er als sehr angenehm, da ist er anderes gewohnt.

Der Vorgarten ist gepflegt, die Bäume und Büsche zurückgeschnitten, kein Unkraut wächst unter den Platten heraus, die Blumen im Beet wurden gegossen, nirgends sind braune Blätter zu sehen. Das Haus ist weiß gestrichen, in jedem Fenster hängen Gardinen, hier draußen ist es so ordentlich, dass Howard sich fast für seinen Rasen schämt, der wohl niemals so ebenmäßig wachsen wird. Ein roter Ball liegt in einer Ecke an einem Strauch, das ist aber auch der einzige Hinweis darauf, dass hier ein Kind leben könnte. Howard nickt und geht auf den Eingang zu. Blumenkübel sind auf den Treppenstufen arrangiert. Die Tür ist mit einem gelben Klebestreifen gesichert, den Cook kurzerhand durchtrennt und sie mit einem Schlüssel öffnet. Beide Agents sagen weiterhin kein Wort, lassen ihn vorgehen und folgen ihm schweigend. Fast vergisst er, dass sie da sind und das ist auch gut so, denn so hat er die Möglichkeit, sich alles in Ruhe anzusehen. In einem kurzen, schmalen Flur findet er eine Ecke, wo Jacken und Schuhe aufbewahrt werden. Von dort aus führt eine Treppe ins obere Stockwerk, doch Howard bleibt im Erdgeschoss und geht durch eine Tür in den Wohnbereich, die Küche und das Esszimmer. Nichts deutet auf ein Verbrechen hin. Die Ordnung, die Sauberkeit wirkt auf ihn, wie aus einer Wohnzeitschrift. Es gibt keinen Fernseher, dafür viele Bücher, die nach Farben sortiert in einem Regal stehen. Auf der Sofalehne liegt eine zusammengefaltete Wolldecke, die Kissen wirken auf ihn, als hätte sich niemals jemand daran gelehnt. Es ist kein Blut zu sehen. Es wirkt alles, als sei hier nichts passiert. Selbst der Läufer unter dem Tisch erweckt den Anschein, als würde niemand darauf herumlaufen. Und schon gar kein Kind. Überhaupt wirkt auf Howard alles nicht so, als würde hier eine Familie mit einem Kleinkind wohnen. Er denkt an sein Zuhause. Dort findet man immer die Spielsachen seiner Töchter, wenigstens einen Malstift und ein Kuscheltier. Howard geht in die Küche, aber auch dort ist alles klinisch rein, ordentlich.

Am Kühlschrank hängen keine selbst gemalten Kinderbilder, kein Kalender mit Terminen, nur der nackte Stahl, auf dem keine Fingerabdrücke zu erkennen sind. Am Tisch gibt es nicht einmal einen Hochsitz. Der Junge war vier? Saß er bereits ganz normal auf einem Stuhl? Keine Polster auf den Stühlen, nichts.

Howard öffnet die Küchenschränke, die Schubladen. Es wirkt alles auf ihn, als wäre er in einem Möbelhaus. Entweder Lauren Riggs hat jeden Tag die Schränke und Schubladen saubergewischt oder sie haben sich jeden Tag etwas zu essen bestellt. Selbst die Spülmaschine ist leer. Was für eine Familie hat hier gelebt? Jeden Tag gemeinsam gefrühstückt, Mittag gegessen, zu Abend?

Howard öffnet den Kühlschrank, selbst dieser wirkt auf ihn, wie aus einem Magazin. Im Gegensatz zu ihrem eigenen, immer überfüllten Kühlschrank, ist dieser fast leer und jedes Fach scheint seine eigene Funktion zu besitzen, mit Boxen, die gefüllt sind mit jeweiligen Nahrungsmitteln. Käse in der Mitte, Wurst ganz unten, Obst in einem separaten Fach.

Entweder Lauren Riggs war eine Ordnungsfanatikerin, oder ihr Mann Steven hat sie dazu erzogen, gezwungen. Was das Motiv, ihn zu ermorden, noch verstärkte. Vielleicht hat sie es nicht mehr ausgehalten und ihn abgestochen, ihr Kind in Sicherheit gebracht und behauptet nun, sie wüsste nicht, was passiert sei. Oder ... sie war es nicht. Jemand hat sie beobachtet, wusste all das und hängt es ihr an. Aber warum sind die Kinder so interessant für den Täter?

Howard schließt die Kühlschranktür und geht den Flur zurück zur Treppe nach oben. Cook und Steward stehen mittlerweile draußen und lassen ihm seine Zeit. Sie waren bereits in dem Haus, haben mit Nachbarn, Kollegen, dem Kinderarzt, dem Hausarzt der Eheleute gesprochen. Weder das Kind noch die Frau waren von Steven misshandelt worden, zumindest hat sie es nicht offiziell gemeldet.

Als er hochsteigt, findet Howard noch immer keinerlei Spuren des Verbrechens, wie sie bereits auf den Tatortfotos zu sehen waren, aber daran will er sich im Moment nicht halten, sondern seine eigenen Blickwinkel auf das Ganze richten. Erst im Flur zum Elternschlafzimmer und Kinderzimmer entdeckt er die ersten Blutspuren an den Wänden, als hätte sich jemand trunken an ihnen entlanggetastet. Howard beachtet nicht die Blutspritzer im Bett, an der Decke und am Türrahmen, er stellt sich davor. »Ich bin schockiert. Mein Mann liegt tot, erstochen neben dem Bett auf dem Boden, ein Messer auf dem Laken, ich bin voller Blut«, murmelt er, während er sich umsieht. Dann steht er auf. »Ich gehe in den Flur, nein, eigentlich renne ich, weil ich nach meinem Kind sehen will.« Er folgt den Spuren an der Wand und im Türrahmen. Warum hätte Lauren sich abstützen sollen? Die Spuren sehen verschmiert aus. Im Flur entdeckt Howard einen kleinen Handabdruck, wie von einer Frau hinterlassen. Das ergibt keinen Sinn. Warum hätte Lauren Riggs sich überall abgestützt? Wenn eine Mutter nach ihrem Kind sehen will, kennt sie den

Weg. Es sei denn, sie hat unter Drogen gestanden. Aber das hat sie nicht.

Howard folgt dem Flur ins Kinderzimmer. Vom Bericht der Spurensicherung und der Polizeibeamten, die zuerst am Tatort waren, weiß er, dass das Fenster geschlossen war. Über dem Kinderbett ist viel Blut an der Wand, auch an dem Sicherheitsgitter des Bettes. Matratze, Decke und Kissen wurden von der Spurensicherung mitgenommen, aber ansonsten ist alles voller dunklem Blut. »Das ist unlogisch. Warum ist an den Wänden Blut? Warum nirgends sonst im Haus? Wenn Lauren Riggs oder der Täter den Jungen die Treppe runtergetragen hat, wieso hat sie oder er unten kein Blut, keine Spuren hinterlassen?« Howard sieht sich die anderen Zimmer an, auch die Badezimmer, nirgends eine Spur. In Gedanken ruft er sich den Bericht der Spurensicherung in Erinnerung. Die Badezimmer wurden mit Luminol besprüht, um Blutreste sichtbar zu machen. Aber weder dort noch in der Küchenspüle fand sich ein einziger Tropfen. Lauren kann unmöglich, ohne etwas berührt zu haben, blutverschmiert, das Haus verlassen haben. Sie war also nicht im Erdgeschoss, hat sich, bis man sie gefunden hat, oben aufgehalten. Der Täter muss Schutzkleidung getragen haben. Hat er mit einem Overall bekleidet und dem Kind einfach den Tatort verlassen? Niemand hat etwas beobachtet. Das Anwesen ist durch Bäume gut geschützt, es könnte möglich sein, dass er unbemerkt hinein- und hinausgelangt war. Eine Kamera hat Howard draußen nicht entdeckt. Laut Bericht gab es keine Überwachung.

Howard geht noch einmal die Treppe hinab, in jeden Raum, doch auch dort findet er nichts, was darauf hinweist, dass Lauren nach der Tat mit ihrem Sohn das Haus verlassen hatte. Es sei denn, sie hätte ebenfalls Schutzkleidung getragen.

Schließlich bleibt er im Wohnraum stehen. All das ist viel zu kalkuliert und obendrein zu ähnlich mit den beiden anderen Fällen. »Lauren Riggs ist nicht die Täterin.« Das sagt er vielmehr zu sich selbst, als er die Schultern strafft und nach draußen zurückgeht.

Cook blickt ihn müde an. »Irgendjemand will ihr das anhängen.«

Howard nickt. »Wir sollten dennoch nicht außer Acht lassen, dass sie vielleicht schlau genug ist, um das alles zu inszenieren.«

»Das ist der dritte Fall, der sich in allen Punkten so sehr ähnelt, dass ich mittlerweile nicht mehr daran glaube«, mischt sich Steward ein.

Howard zuckt mit den Schultern. »Man weiß nie …« Da sie allerdings bereits ausgeschlossen hatten, dass Lauren Riggs zu den Tatzeiten weder in Oklahoma noch in Illinois gewesen sein konnte, müssen sie die Frau endgültig als Tatverdächtige ausschließen.

KAPITEL ELF

EIN PAAR WOCHEN ZUVOR

Du musst nur die Papiere unterzeichnen, mehr will er doch gar nicht von dir.

Lauren starrt auf das letzte Blatt der Versicherungspolice, auf dem irgendwelches Kauderwelsch steht und an dessen Ende ihre Unterschrift erwartet wird. Sie will das Ding nicht unterschreiben, denn sie müsste sich dann damit beschäftigen, dass Steven irgendwann mal sterben und sie mit Dean alleinlassen würde. Wie soll sie ohne ihn weiterleben? Er kümmert sich doch um alles. Wenn er nicht mehr da wäre, würde sie keine Sekunde überleben. Sie weiß ja nicht einmal, wie sie eine Überweisung online tätigen soll. Er macht das. Er gibt ihr eine Karte, mit der sie die Einkäufe bezahlen kann, und das ist alles. Um alles andere kümmert er sich. Und jetzt erwartet er, dass sie einen Wisch unterschreibt, mit dem sie nach seinem Tod eine halbe Million Dollar bekommen würde. Lauren will ihm aber nicht sagen, was sie fühlt. Sie wäre albern, würde er sagen, oder er würde … Je nachdem, wie er gerade drauf ist.

Steven hat es erklärt, aber sie hat überhaupt nicht zugehört. Er muss es gemerkt haben, denn am Ende ihrer Unterhaltung hat er ihr einfach nur die letzte Seite gegeben und gesagt, sie solle unten im Feld unterschreiben. Seit einer Woche ist er ihr jeden Tag damit auf die Nerven gegangen, aber Lauren hat das Dokument noch immer nicht unterschrieben. *Warum? Wieso brauchst du so lange?* Sie kennt seine genervte Stimme, wenn er kurz davor ist, wirklich richtig böse zu werden.

Oh, hab ich vergessen, mache ich gleich nach dem Abendessen. Mache ich gleich, wenn ich Dean ins Bett gebracht habe. Mache ich gleich, wenn ich einkaufen war.

Irgendwann konnte sie sich nicht mehr rausreden, natürlich nicht. Sie muss ja lediglich ihre Unterschrift in das Feld setzen. Er hat ihr mit Absicht nur diese Seite gegeben, damit sie nicht sagen kann, ich muss es mir noch durchlesen. Eine Seite mit ein paar Restklauseln ist schnell gelesen. So schnell wie Dean sein Frühstück isst.

Er soll sie einfach nur nicht verlassen, also nicht sterben, wodurch eine solche Police ihre Wirksamkeit bekommt und sie ganz allein mit allem ist. In ganz, ganz seltenen Momenten denkt sie darüber nach, wie es wäre, wenn sie Steven niemals kennengelernt hätte, was aus ihr geworden wäre, wen sie hätte lieben können, oder wer sie lieben, hätte sie ein anderes Kind bekommen, aber sie verdrängt diese Gedanken sofort. Denn Dean ist das Beste, was sie jemals hinbekommen hat. Auch, wenn er zur Hälfte Stevens Verdienst ist. Dean ist vollkommen, er ist ihr Anker, und sie würde den Gedanken nicht weiterspinnen, was wäre, wenn Steven nicht der Vater wäre.

Sie hat unterschrieben.

Und gleichzeitig denkt sie wieder darüber nach, wie ihr Leben ohne Steven laufen würde. Andere Frauen schaffen es doch auch, ohne Ehemann an ihrer Seite fortzubestehen. Aber diese Frauen sind stark, selbstbewusst. Sie sind nicht wie Lauren. In der ewigen Opferrolle. Gefangen in einer Welt, die ein anderer für sie geschaffen hat.

KAPITEL ZWÖLF

Als Howard mit Cook und Steward ins Field Office zurückkehrt, findet er nur Thomas vor, der konzentriert auf den Bildschirm seines Notebooks starrt, so als würde er etwas lesen. Ohne aufzuschauen, murmelt er: »Joshua hat ein eigenes Büro bekommen.«

Howard nickt. Der Profiler, der seit einigen Jahren ihr Team unterstützt, hat ein eidetisches Gedächtnis und ist sehr speziell, im sozialen Umgang mit Menschen gewöhnungsbedürftig, aber mit einem einzigartigen Blick auf seine Umwelt und dadurch für das Team unverzichtbar. Mittlerweile bemerken Howard und der Rest des Teams seine schrulligen Eigenarten nicht mehr. In einer fremden Umgebung kann es mitunter dennoch kompliziert sein. Offensichtlich hat Thomas aber geregelt, dass Joshua eine Räumlichkeit zur Verfügung gestellt bekommt, in der er in Ruhe arbeiten kann.

Howard legt seine Jacke ab und geht zum Whiteboard, an dem die beiden vorigen Fälle und der neue bereits chronologisch angepinnt wurden. Jemand hat die Merkmale, die zusammenpassen, mit einem roten Stift markiert und Pfeile gezogen.

»Welche Verbindung fehlt uns zum Täter?« Howard streicht sich übers Kinn. »Schulen, Hobbys der Kinder, Tennisklub, Golfklub ... was haben alle drei Fälle gemeinsam?«, überlegt er laut weiter.

»Dass die Ehefrauen im Schatten ihrer Männer standen«, sagt Cook, die neben ihn getreten ist.

Howard dreht sich zu ihr. »Wie meinen Sie das?«

Sie zuckt mit den Schultern. »Tschuldigung, ich halte mich nie lange mit Erklärungen auf.« Es klingt nicht, als täte es ihr leid, sondern eher, als hätte sie das als Fakt dargelegt, der keinen Widerspruch duldet. »Während der Befragungen kristallisierte sich heraus, dass die Ehefrauen wie programmierte Roboter auftraten. Sie waren freundlich, nett, aber keine hatte irgendwelche Bekanntschaften, Freundinnen, Hobbys. Für sie schien nur diese eine Welt zu existieren, in der sie Ehefrau sind und sich um das Kind kümmern. Die Häuser sahen aus wie aus einem Werbemagazin, kein Inhalt der Schubladen unordentlich, keine Spielsachen, die außerhalb der Kinderzimmer herumlagen. Auf Fotos zeigen sich die Frauen mit ihren Kindern adrett gekleidet, züchtig, wie eine Nanny, die nicht zur Familie gehört, aber mit fotografiert wird, weil die Kinder sie lieben.« Diese Einschätzung ist wesentlich wertvoller als jeder Zeugenbericht, den Howard überflogen hat. Und das erklärt auch, weshalb sie bei der Verhaltensanalyse arbeitet. Ihre Beobachtungsgabe ist erstaunlich. Sie ist gut. Richtig gut.

Howard dreht sich wieder zum Whiteboard und sieht die Frauen aus einem anderen Blickwinkel an. Sie ähneln sich äußerlich nicht, aber ein Merkmal eint sie. Der Ausdruck in den Augen. Leer, glanzlos, fast kalt. »Wir haben es also mit einem Täter zu tun, der die Opfer genau danach auswählt.« Howard hat das Täterprofil gelesen, das Cook und Steward erstellt hatten, und er ist sehr gespannt, inwiefern es sich von Joshuas unterscheiden wird.

»Irgendwann muss der Täter mit den Frauen in Kontakt getreten sein. Wenn wir bei den zwei alten Fällen nichts haben, bin ich sicher, dass Lauren Riggs hier weiterhelfen kann«, sagt Howard nachdenklich.

»Oder der Täter hat sie einfach nur genau beobachtet und bleibt weiterhin für uns unsichtbar.« Steward steht neben Cook und starrt auf das Whiteboard, als könne er ihm plötzlich die Lösung entlocken.

»Wir müssen die Tagesabläufe der Familien noch einmal genau durchleuchten, um mögliche Verbindungen zum Täter zu finden.«

Howard wendet sich wieder an die beiden Profiler, die zustimmend nicken.

»Das übernehmen wir.«

»Wenn ihr Hilfe bei Recherchen braucht, wendet euch an Thomas.« Automatisch unterlässt Howard die förmliche Anrede. Sie gehören in diesem Fall zu seinem Team, und die Kommunikation soll für jeden so unkompliziert wie möglich sein. Auch, wenn er sie weiterhin nicht mit ihren Vornamen anspricht. Ausgenommen davon ist Joshua. Aber hier kann sich Howard ohnehin nicht vorstellen, anders mit ihm umzugehen, als er es bislang getan hat.

Kathlyn betritt den Raum und geht auf Howard zu. »Lauren Riggs ist im Befragungsraum.«

Er lächelt und spannt die Muskeln an. »Hat sie etwas gesagt?«

Sie schüttelt den Kopf. »Sie wollte lediglich wissen, ob wir ihren Sohn gefunden haben.«

»Wie ist dein Eindruck?«

Cook und Steward, die sich an dem großen Besprechungstisch gesetzt haben und Akten sortieren, sehen auf.

Kathlyn neigt den Kopf. »Sie wirkt müde, innerlich ist sie aber in Aufruhr, das zeigt die Anspannung, die Haltung. Als würde sie nicht wollen, dass jemand ihre wahren Gefühle ergründet.«

Howard nickt. Das deckt sich mit Cooks Aussage. Selbst jetzt kann Lauren nicht das über Jahre hinweg antrainierte Verhalten überwinden, die Maske ablegen, die sie immerzu trägt. »Ich will zuerst mit ihr reden«, sagt er schließlich. »Danach besprechen wir, wie es weitergeht.«

Cook rutscht in ihrem Stuhl hin und her.

»Cook wird mich begleiten.«

. . .

Der Befragungsraum befindet sich im gleichen Gang am Ende des Flurs. Im Zimmer nebenan sitzt Rick vor der Glasscheibe und beobachtet Lauren, die an einem Tisch wartet.

Howard blickt durch das Fenster, das auf der anderen Seite verspiegelt ist. Laurens Schultern sind durchgedrückt, ihr Rücken gerade, beide Hände liegen auf dem Tisch, sie schaut sich nicht nervös um, aber sie beißt sich auf die Unterlippe, ihr Ausdruck ist angespannt. Ihre Hände sind mit Handschellen gesichert, die an der Tischplatte befestigt sind.

»Sie versucht, nach außen die Fassung zu bewahren«, sagt Cook, die mit gerunzelter Stirn durch die Scheibe starrt. »Wie auf den Fotos.«

»Dann mal los«, sagt Howard und betritt einen Moment später mit Cook den Raum. »Ich bin Howard Caspar vom FBI, das ist meine Kollegin Rachel Cook.«

Er setzt sich und bemerkt, dass Cook es ihm nachmacht.

Lauren blickt von ihm zu der Kollegin, sagt aber nichts.

»Möchten Sie etwas trinken? Ein Wasser oder Kaffee?«

Ihre Augen weiten sich. »Ein Kaffee wäre großartig.« Ihre Stimme klingt leise, so als hätte sie nie gelernt, sich durchzusetzen. Howard muss sich nicht umdrehen, er weiß auch so, dass Rick einen Becher Kaffee besorgen wird. »Kommt jeden Moment«, sagt er und lächelt sie an.

Sie entspannt sich minimal. »Haben Sie meinen Sohn gefunden?«

»Die Suche nach Dean hat höchste Priorität für uns, Miss Riggs.« Cook spricht in professionellem Ton mit ihr, aber eine gewisse Verbundenheit ist nicht zu überhören. Als würde Cook mit ihr mitfühlen, obwohl sie selbst keine Kinder hat.

Lauren senkt den Blick. »Warum wollen Sie dann mit mir reden?«

Howard muss sich vorbeugen, um sie zu verstehen. »Wissen Sie, warum wir Sie festhalten?« Er bleibt vornübergebeugt.

Sie schaut auf ihre gefesselten Hände. Dann schüttelt sie den Kopf. Die Tür öffnet sich, Rick stellt einen Becher vor Lauren ab und verlässt den Raum wortlos.

Sie beugt ihren Kopf vor und riecht am Kaffee, ohne eine Miene zu verziehen. Dann nimmt sie ihn in die Hände, soweit es die Ketten zulassen, beugt den Kopf und trinkt einen Schluck, bevor sie ihn wieder abstellt. Ihre Finger gleiten über den Pappbecher.

»Sie werden verdächtigt, Ihren Ehemann erstochen zu haben. Ihr Sohn ist seit der Tat spurlos verschwunden.« Howard beobachtet genau ihre Reaktion, aber was er sieht, oder nicht sieht, verwirrt ihn. Sie zuckt nicht zusammen, kein Muskel im Gesicht regt sich, sie scheint wie versteinert, als sie ihn aus diesen kalten Augen anblickt.

»Ich kann mich an nichts erinnern.« Kein flehender Unterton, keine Träne, die über die Wange rollt. Entweder sie ist ein kaltblütiger Psychopath und alles, was sie sagt, entspricht der Wahrheit oder sie ist so erschüttert, dass sie sich in einem Schockzustand befindet, der ihr keine tiefen Empfindungen erlaubt.

»Sie wissen also nicht, was mit Dean geschehen ist?« Cook betont den Namen sehr sanft.

Lauren blickt zu ihr, dann schüttelt sie den Kopf, nimmt den Becher auf und trinkt erneut einen Schluck. »Ich sagte doch, dass ich mich nicht erinnern kann.«

»Hatten Sie Streit mit Steven?« Howard versucht, sie aus der Reserve zu locken, aber sie geht nicht darauf ein, sondern überlegt einen Moment und verneint die Frage.

»Seit wann schlafwandeln Sie?«, fragt nun Cook, als wäre sie ihre Freundin, die ihr helfen will. Sie wissen natürlich von den Befragungen durch die Detectives, dass sie ihre Schlafprobleme als Ursache für die schreckliche Tat genannt hatte.

Lauren runzelt die Stirn, blickt nach oben und nach einer Weile sagt sie: »Ich war vierzehn, als ich das erste Mal geschlafwandelt bin.«

»Wie kann ich mir das vorstellen? Laufen Sie im Haus herum oder steigen Sie aufs Dach?« Howard lächelt, ein Versuch, das Eis zu brechen. Lauren runzelt wieder die Stirn und blickt ihn verwirrt an. Sie schweigt eine ganze Weile, so als würde sie nicht gerne darüber sprechen.

»Miss Riggs?«, hakt er schließlich nach.

»Meistens bleibe ich im Schlafzimmer. Ich laufe

herum, bis ich von selbst wach werde und mich wieder schlafen lege.«

»Und Steven wurde nicht aufgeweckt durch Ihre Aktivitäten?«

»Doch«, murmelt sie und senkt den Blick. Sie scheint sich unwohl zu fühlen, hat sich aber schnell wieder im Griff.

»War er dann wütend?« Cook übernimmt in freundschaftlichem Ton.

Sie nickt langsam.

»Was hat er dann gemacht?«, fragt Cook mitfühlend.

»Geschimpft.«

»Hat er Sie manchmal geschlagen?« Cooks Stimme wird etwas leiser.

Lauren schweigt wieder, so als dürfe sie nicht darüber sprechen, selbst jetzt, da ihr Mann tot ist und sie sich möglicherweise aus der Situation befreien könnte, weil sie aus Notwehr gehandelt hat.

»Lauren, ist Steven handgreiflich geworden?« Howard beobachtet die Frau ganz genau, während Cook die Führung übernimmt. Lauren blickt auf und starrt dabei durch beide durch zur Glasscheibe.

»Hat er Dean geschlagen?«

Jetzt wird der Blick entschlossen, als sie zu Cook sieht. »Nein, niemals. Er liebt Dean.«

»Aber er hat Sie manchmal geschlagen?«

Lauren presst die Lippen zusammen. Howard weiß aus den Berichten, dass Lauren alte und frische Narben auf dem Rücken hatte. Notwehr würde in diesem Fall zwar nicht greifen, da er gezielt mit dem ersten Stich ins Herz getötet worden war und weitere neununddreißigmal auf ihn eingestochen wurde, aber zumindest wären mit einem gescheiten Rechtsbeistand mildernde Umstände drin. Warum sie sich nicht selbst entlasten will, ist ihm noch nicht klar. Steven Riggs muss sie über Jahre konditioniert haben.

»Wir machen eine kurze Pause, Miss Riggs. Möchten Sie etwas essen oder auf die Toilette?« Howard steht auf, Cook ebenfalls.

Sie schüttelt den Kopf.

»Ich habe das schon so oft erlebt«, sagt Cook, als sie draußen auf dem Flur stehen. Dann seufzt sie. »Vanessa Mines und Alexandra Wise wurden ebenfalls misshandelt.«

Howard nickt. Das weiß er aus den entsprechenden Akten. Keine der drei Frauen hatte die Misshandlungen angezeigt oder war in Therapie wegen des Schlafwandelns. Es gibt einfach keine Verbindung, die sie zu einem möglichen Täter führen könnte. Ein weiteres Problem bei der Tätersuche ist, dass die Frauen keine Computer besaßen, wo sie jemanden hätten kennenlernen können. Auf den Handys waren keine Internetverläufe zu finden, in den Kontakten lediglich die Telefonnummern des Ehemannes, Kindergartens und Kinderarzt, die gleich in den ersten Stunden seit dem Verschwinden befragt wurden und auch ohne Gerichtsbeschluss kooperiert hatten.

Sie war in keinem Fitnessstudio, Tennisverein oder ähnliche Vereine, selbst die Kreditkartenabrechnungen weisen keine ungewöhnlichen Aktivitäten auf, wie regelmäßige Besuche eines Kaffees, Restaurants oder gar Hotelübernachtungen. In den Geldbörsen wurde nur etwas Kleingeld gefunden, gerade so viel, um Mautgebühren zu zahlen oder Parkautomaten zu füttern. Das Einzige, was bei allen drei Frauen übereinstimmt, ist die Tatsache, dass sie unter dem Einfluss ihrer Ehemänner gestanden haben und von ihm abhängig waren. Irgendwie muss der Täter aber seine Opfer ausgewählt, sie genau und über einen langen Zeitraum beobachtet haben, um diese Details zu erfahren. Die Frauen oder die ermordeten Ehemänner kannten sich nicht von früher, sodass man dort eine Verbindung herstellen könnte. Keine gemeinsamen Kunden, keiner aus den betroffenen Familien hat die Staatsgrenzen verlassen. Es gibt einfach nichts, wo sie ansetzen können.

»Habt ihr ein geologisches Profil über die beiden anderen Familien erstellt?«

Cook nickt. »Keine Auffälligkeiten, wie bei Lauren Riggs. Sie sind täglich dieselben Strecken gefahren.«

»Ich setze Thomas trotzdem noch mal an die Recherche.«

Zu seiner Überraschung scheint sie nicht in ihrer Ehre getroffen, sondern zuckt die Schultern und wendet sich zum Gehen. »Gute Idee. Ich werde ihm helfen.«

Die Zeit läuft gegen sie. Jede Stunde sinkt die Wahrscheinlichkeit, dass sie Dean finden, die Spuren werden kälter, und der wahre Täter hat wieder ein Jahr, um die nächste Familie zu zerstören.

Schlafwandeln, Kinder, kontrollsüchtige Ehemänner. Um an diese speziellen Informationen zu kommen, muss der Täter den Opfern sehr nah gekommen sein.

KAPITEL DREIZEHN

Spielt Steven ihr einen Streich? Ist das alles eine Art Bestrafung für ihren Ungehorsam? Steven hat jede Menge Kontakte, mit Sicherheit auch beim FBI, aber wie hätte er es hinkriegen können, dass sie ins Gefängnis kam? Nun ja, er ist Anwalt. Aber warum so viel Aufwand für einen Streich, bei dem so viele Menschen involviert sind? Außerdem wirkte er ziemlich tot, auch wenn sie ihn kaum ansehen konnte. Sie hat nur einen kurzen Blick auf ihn geworfen und ist dann direkt in Deans Zimmer gerannt, wo ein leeres Bett und noch mehr Blut auf sie gewartet haben. Dann wurde ihr schlecht, und an mehr kann sie sich nicht erinnern.

Vielleicht, weil sie nicht will. Die letzten Tage sind einfach so vergangen. Lauren hat überhaupt kein Zeitgefühl mehr. Alles, was passiert ist, huscht vor ihrem inneren Auge wie ein zu schneller Zug, ein Lichtstrahl an ihr vorbei, den sie nicht anhalten kann. Sie will nur

Dean wiederhaben. Und wenn sie doch etwas mit seinem Verschwinden zu tun hat? Wenn sie ihn ermordet hat? Oder irgendwohin gebracht hat, wo er nichts zu essen und zu trinken hat? Darüber nachzudenken ist zu grausam, sie muss es verdrängen, stark sein, tapfer, sie darf sich keine Gefühle erlauben.

Warum hat sie nicht gesagt, dass Steven sie geschlagen hat? Dass es Notwehr war? Dann käme sie frei und könnte selbst nach Dean suchen. Sicherlich würde ihr einfallen, was sie mit ihm gemacht hat.

Aber sie hat ja nichts gemacht.

Oder?

KAPITEL VIERZEHN

Das Hauptziel des kognitiven Interviews ist es, den Zeugen oder das Opfer dabei zu unterstützen, sich an möglichst viele Details eines Vorfalls präzise zu erinnern, ohne dabei durch suggestive Fragen beeinflusst zu werden. Kathlyn hat schon viele solcher Befragungen geführt, früher ausschließlich mit Kindern, die mit Gewaltverbrechen in Verbindung standen, später dann auch mit Erwachsenen.

Es ist gut, dass Kathlyn die Erstbefragung lediglich beobachtet hat. Sie hat sich während des Gespräches mit Howard und Cook Notizen zu Laurens Verhalten gemacht, ihrer Mimik und den Gesten. In dieser kurzen Zeit hat sich Kathlyn ein erstes Bild von der Frau gemacht. Sie schützt sich zwar durch ein antrainiertes Verhalten, und diese Mauer wird nicht leicht zu durchbrechen sein, aber erste Anhaltspunkte geben Kathlyn eine ungefähre Richtung, in die sie die Befragung lenken sollte.

Ein Assistent hat Sandwiches und Wasser besorgt, was sie nun auf den Tisch vor Lauren stellt und sich ihr gegenübersetzt. Mittlerweile ist Lauren von den Handschellen befreit worden.

Den Block legt Kathlyn vor sich. »Guten Morgen, Lauren. Ich bin Agentin Kathlyn Caspar vom FBI. Ich möchte heute mit Ihnen sprechen, um besser zu verstehen, was in der Nacht vorgefallen ist, als Ihr Mann ums Leben kam und Ihr Sohn Dean verschwunden ist. Unser Ziel ist es, so viele Details wie möglich zu erfahren, um Ihnen und Dean zu helfen. Es ist wichtig, dass Sie sich entspannen und sich Zeit nehmen, um Ihre Erinnerungen wiederzugeben. Es gibt keine richtigen oder falschen Antworten. Sie sind sicher hungrig.« Kathlyn deutet auf das eingepackte Sandwich.

Lauren sieht es an, macht aber keine Anstalten, sich zu bedienen. Sie presst die Lippen zusammen und schließt die Augen, als ihr Magen lautstark knurrt.

Kathlyn lacht leise. »Sie müssen etwas essen, Lauren.«

»Mit vollem Mund spricht man nicht«, sagt die Frau vor Kathlyn leise.

Jetzt, wo Kathlyn die Frau nicht durch den Lautsprecher hört, fällt ihr erst auf, dass Lauren tatsächlich so leise zu sprechen scheint. Sie lehnt sich allerdings nicht vor, um die Frau nicht noch mehr zu verschrecken.

»Kein Problem. Essen Sie ruhig.« Diesmal haben sie die Zeit nicht auf ihrer Seite, aber Kathlyn muss die Frau in eine entspannte Situation manövrieren, ansonsten läuft die Befragung ins Leere. So schwer es ihr fällt, sie muss sich gedulden. Wie Howard glaubt auch Kathlyn daran, dass Lauren unschuldig ist, aber der Täter muss ihr bekannt sein. Dieses Gespräch ist ihre einzige Chance, Dean zu finden.

Lauren packt das Sandwich aus und beißt ein kleines Stück ab. Eine Tomate rutscht heraus und fällt auf die Tüte. Sie schenkt ihr keine Beachtung, kaut und beißt erneut ab, diesmal ein größeres Stück. Zwischendurch trinkt sie immer mal wieder ein Schluck Wasser und legt das Sandwich halb gegessen auf die Verpackung, ordentlich neben die Tomate. Dann faltet sie die Verpackung um das Sandwich herum und schiebt es etwas von sich.

»Können Sie sich bitte mental in die Nacht zurückversetzen, als das passiert ist? Versuchen Sie, sich genau an die Umgebung, die Geräusche, Gerüche und Ihre Gefühle zu erinnern. Beschreiben Sie mir bitte alles, was Ihnen einfällt.«

Lauren greift nach einer Serviette aus dem Stapel, der mitgeliefert wurde, und wischt sich über den Mund.

»Ich weiß nicht, was passiert ist.« Sie wirkt wieder so kühl, gefasst, wie Kathlyn Lauren vorhin beobachtet hat.

»Schließen Sie die Augen und erzählen Sie mir, was Sie ein paar Stunden vor dem Schlafengehen gemacht haben. Versuchen Sie, sich an so viele Details wie möglich zu erinnern – was haben Sie gegessen, was haben Sie angehabt, welche Geräusche haben Sie gehört? Keine Angst, Ihnen kann nichts passieren, okay?«

Lauren sieht sie lange an, nickt schließlich und senkt die Augenlider. Zunächst passiert eine ganze Weile nichts, was völlig normal ist. Im ersten Moment sperrt sich das Opfer gegen die Erinnerung, es will nicht noch einmal in den Zustand versetzt werden.

Aber Kathlyn glaubt fest daran, dass Lauren Riggs ihrem Sohn niemals etwas antun könnte und ihnen helfen wird.

»Es ist still im Haus. Dean malt in seinem Zimmer. Draußen wird es langsam dunkel. Es hat den ganzen Tag nach Regen gerochen, es gab aber keinen. Ich habe das Dressing für den Salat vorbereitet und bin dann zu Dean, um ihn bettfertig zu machen. Er kann ja schon viel selbst, aber manchmal muss ich ihm helfen.« Ein Lächeln huscht über ihr Gesicht, die Augen sind noch immer geschlossen. »Ich habe ihm wie immer vorgelesen. Wir liegen unter seiner Decke, er kuschelt sich an mich und ...« Ihre Lippen zucken. »... als er einschläft, bleibe ich noch eine Weile bei ihm.« Der Stuhl quietscht, als sie sich vorbeugt, um eine Haarsträhne aus ihrem Gesicht zu streichen, völlig unbewusst, als wäre sie noch am Tisch angekettet. Ihr Gesicht ist entspannt und wirkt vollkommen friedlich. Dann verändern sich die Züge. Kühl, unnahbar. »Steven kommt in dreißig Minuten. Ich räume alle Spielsachen, die nicht in seinem Zimmer sind, in eine Kiste und stelle sie unter Deans Tisch. Anschließend gehe ich nach unten in die Küche und brate die Hühnerstreifen, mache den Salat und ziehe die Pumps an. Ich fülle ein Glas mit Rotwein für Steven und eins mit Wasser für mich und richte den Teller auf dem Tisch an. Dann kommt Steven.« Jetzt wirkt sie für eine Sekunde aufgeregt, als wäre dies der wichtigste Teil eines Abends im Hause der Familie Riggs. Sie spricht aber nicht darüber.

»Nach dem Essen mache ich sauber, ziehe mich aus, gehe ins Badezimmer und schminke mich ab. Dann putze ich mir die Zähne und ... und ich gehe ins Schlafzimmer und lese noch ein paar Seiten in einem Buch.« Das klingt einstudiert, so als würde sie eine Szene aus einer TV-Show nacherzählen. »Ich schlafe schnell ein und bemerke nicht, wenn Steven ins Bett kommt.«

»Gut, Lauren. Jetzt möchte ich, dass Sie sich vorstellen, Sie sind ein stiller Beobachter in Ihrem Schlafzimmer. Sehen Sie sich selbst und alles, was in dieser Nacht passiert ist, aus einer anderen Perspektive an. Was sehen Sie? Was hören Sie?«

Lauren verzieht den Mund und runzelt die Stirn. »Es war wie immer. Ich habe ein Buch gelesen.«

»Gut, ist das Fenster geöffnet? Was hören Sie von draußen?«

Sie seufzt. »Steven lässt die Fenster geschlossen.«

»Sie sprachen davon, dass Sie womöglich in dieser Nacht geschlafwandelt haben. Wie kommen Sie darauf? Können Sie sich an irgendwelche bestimmten Details erinnern? Was haben Sie gesehen, gefühlt oder gehört, als Sie vermeintlich geschlafwandelt sind?«

Kathlyn spricht ganz ruhig, denn Lauren erweckt den Eindruck, als würde sie jeden Moment zusammenfallen oder zerbrechen.

Lauren schüttelt den Kopf. »Ich kann mich nie daran erinnern.« Sie beißt sich auf die Unterlippe, ihre Finger verschränkt sie ineinander, so als wären sie ein Anker, an dem sie sich festhalten könnte.

»Ich habe immer schreckliche Angst.« Sie ist kaum noch zu verstehen.

Kathlyn atmet automatisch etwas langsamer, um Geräusche zu vermeiden. »Angst vor den Träumen?«

Lauren nickt, die Augen sind nun krampfhaft zusammengekniffen. »Angst davor, wach zu werden und nicht mehr zu wissen, was passiert ist, warum ich nicht mehr im Bett liege. Angst vor Steven ... davor, dass er schimpft, weil ich ihn geweckt habe.« Eine Träne rollt die Wange hinab. Sie kneift die Augen noch fester zusammen. »Und ich weiß dann nie, warum er so böse ist. Was habe ich getan?«

Kathlyn erinnert sich daran, einmal gehört zu haben, man dürfe Schlafwandler nicht wecken, weil sie sich ihrer Handlung nicht bewusst seien und sie einfach zusammenbrechen. Für Lauren ist es wohl schlimmer, dass sie ihre Handlungen in solchen Momenten nicht bewusst wahrnimmt und sich schuldig fühlt.

»Stellen Sie sich nun vor, Sie sind Dean und erleben diese Nacht aus seiner Sicht. Was könnte er gesehen oder gehört haben? Wo könnte er hingegangen sein?«

Lauren schüttelt heftig den Kopf. »Ich weiß es nicht. Ich habe keine Ahnung, ob er weggerannt ist, weil er alles beobachtet hat.« Sie schluchzt und öffnet die Augen.

Kathlyn legt ihr eine Packung Taschentücher hin.

Sie ergreift sie, nimmt ein Tuch heraus und wischt sich das Gesicht ab. Dabei atmet sie heftig und bekommt Schluckauf.

»Nehmen Sie sich etwas Zeit, Lauren, das machen Sie sehr gut.« Kathlyn hat zwar nicht erfahren, was in jener Nacht passiert ist, aber das Gespräch hat das Allgemeinbild dieser Ehe ein Stück mehr vervollständigt.

Lauren schnäuzt die Nase und nimmt noch einen Schluck Wasser. Dann atmet sie tief durch.

»Können wir fortfahren?«

Lauren nickt und knetet das Taschentuch in ihrer Hand.

»Das ist nun sehr wichtig, Lauren.« Kathlyn beugt sich etwas vor, lässt die Hände aber auf dem Tisch liegen, damit Lauren sie nicht als Bedrohung ansieht. Sie lächelt sie dabei an, als wären sie beide in ein intimes Gespräch vertieft. Lauren reagiert auf die Körpersprache, und durch die Befragung weiß Kathlyn, dass sie sehr leicht zu manipulieren ist, wenn man es richtig anstellt. Sie legt eine Hand auf Laurens und drückt sie sanft. Sie fühlt sich sehr zart und eiskalt an. Kathlyn möchte gar nicht wissen, in welchem inneren Aufruhr diese Frau ist, welche Kämpfe sie ausfechten muss.

»Okay«, sagt Lauren mit rauer, leiser Stimme.

»Ist Ihnen in den vergangenen Monaten jemand in Ihrer Nähe aufgefallen, der vorher nicht da war? Ein Postbote, der zu merkwürdigen Tageszeiten Briefe eingeworfen hat? Ein neuer Kassierer im Supermarkt, der ungewöhnlich starkes Interesse an Ihnen oder Ihrer Familie hatte?«

Lauren versteift sich, die Augen reißt sie für eine Millisekunde auf, die Halsschlagader pocht, ein Zucken um ihre Mundwinkel.

Dann wird der Blick eisig. »Nein, niemand. Was tun Sie, um meinen Sohn zu finden? Werde ich noch immer verdächtigt?«

Kathlyn seufzt innerlich. Sie setzt sich wieder normal in ihren Stuhl. »Ich danke Ihnen für Ihre Kooperation, Lauren. Wir werden alles tun, um Dean zu finden und die Wahrheit herauszufinden.«

»Was geschieht mit mir?«

»Sie werden in eine andere Einrichtung verlegt, Miss Riggs. Wenn Ihnen noch etwas einfällt – bitte denken Sie an Ihren Sohn –, sind wir jederzeit für Sie da.«

Sie nickt. Kathlyn steht auf und deutet auf das Sandwich. »Möchten sie es mitnehmen?«

»Ja, bitte.« Lauren richtet ihren Blick wieder nach unten.

»Ihr Pflichtverteidiger wird sich noch mit Ihnen unterhalten. Der wird Ihnen alles Weitere erklären.« Kathlyn nimmt ihren Block und wirft noch einmal einen Blick auf die Frau. Sie verschweigt eindeutig etwas. Und das Schweigen ist ihr aus unerklärlichen Gründen wichtiger als das Leben ihres Sohnes. Vor wem oder was hat sie solche Angst? Oder weiß sie doch, wo ihr Kind ist? Treibt ein Psychopath ein irres Spiel, bei dem der Einsatz das Leben eines Kindes ist?

KAPITEL FÜNFZEHN

Der Pflichtverteidiger, Tyler Lewis, ist ein Trottel. Kein Vergleich zu Steven und seinen Kollegen, die mit geraden Schultern erhobenen Hauptes den Raum betreten und mit ihrer Selbstsicherheit das gewisse Charisma ausstrahlen, das einen Gewinner ausmacht. Da Lauren abgelehnt hat, von Stevens Kanzlei vertreten zu werden, steht ihr nun ein typischer Loser zur Seite, der seine Dienste dem Staat anbietet. Sie geht ohnehin davon aus, dass Stevens Kollegen das aus ethischen Gründen nicht tun würden.

Sie wurde in einen anderen Raum gebracht, wo es Fenster gibt und keine Scheibe oder Kamera, über die andere ihnen zusehen können. Lauren ist müde, erschöpft, ausgelaugt. Die letzten Tage haben ihre Routine komplett über den Haufen geworfen, und die Verdrängung über Deans Verschwinden kostet sie nicht nur mental Kraft, sondern auch körperlich.

Lewis richtet seine Krawatte, die einen Senffleck

am unteren Ende aufweist, knöpft beim Hinsetzen sein Jackett auf, das aussieht, als würde er darin schlafen, und stopft das Hemd in den Hosenbund. Seine Aktentasche hat mehrere Löcher, und als er sie öffnet, entweicht ihr ein leichter schimmeliger Geruch, als hätte er sie auf dem Dachboden oder im Keller gefunden. Er zieht mehrere Aktendeckel hervor, legt sie vor sich auf den Tisch und glättet den Karton vom Eselsohr. Dann streicht er sich über den voluminösen Bart, der mal eine Pflege benötigt, und lehnt sich vor.

»Geht es Ihnen gut?«

Lauren nickt. Sie erwartet eine langweilige Zusammenfassung, eine erneute lange und ermüdende Fragerunde und dass er ihr sagt, was auf sie zukommen wird. Innerlich bereitet sie sich darauf vor.

Auf das, was er aber sagt und tun wird, ist sie nicht vorbereitet, denn er schafft es tatsächlich, sie gänzlich zu überraschen.

Vielleicht muss doch niemand davon wissen, und möglicherweise ist es auch gar nicht wichtig.

KAPITEL SECHZEHN

EINIGE MONATE ZUVOR

»Es ist nun mal alles teurer geworden. Auch die Parkgebühren am Supermarkt.« Lauren hat es sich wirklich einfacher vorgestellt, an Bargeld ranzukommen, aber Steven ist von Berufs wegen misstrauisch. Er hat natürlich die Gebührentafeln überprüft. Die Aussage stimmt, dass es teurer geworden ist, aber sie hat gelogen, um wie viel. Glücklicherweise hat er einen Fall vor Gericht gewonnen und ihr abgenommen, dass sie sich wohl verguckt hätte. Es hilft ihr zwar nicht bei ihrem Vorhaben, etwas mehr Bargeld zur Verfügung zu haben, aber wenn sie ein paar Mal woanders parken würde, etwas weiter weg, hätte sie etwas zusammengespart. Vermutlich wird sie ohnehin nicht so oft dazu kommen. Viel Zeit bleibt ihr ebenfalls nicht bei dem engen Terminplan. Vielleicht würde das Geld auch für zweimal reichen. Je nachdem, wie lange sie braucht. So viel dürfte sich in den letzten Jahren ja nicht geändert haben.

Dass sie damit den Tod ins Haus einlud, wusste Lauren nicht, und wenn sie es gewusst hätte, hätte sie nie mehr auf Steven und seine Kontrollsucht geschimpft. Sie wäre niemals wieder aus ihrer Routine ausgebrochen.

KAPITEL SIEBZEHN

Rick und Kathlyn sitzen an den Videoaufnahmen, die sie von der Befragung mitgebracht haben, und machen sich Notizen, sprechen über Mimik, Verhalten, Aussagen von Lauren.

Cook geht die Recherchen durch, die sie von Thomas erhalten hat, der mit Steward gemeinsam die Daten analysiert. Howard geht indessen zu Joshua in das nicht sehr geräumige Büro. Sein Blick bleibt auf den gelben Notizzetteln auf dem Tisch vor ihm liegen. Sie sind ordentlich in Viererreihen sortiert. Er schreibt gerade etwas auf dem Block. Joshua hat ihn mit Sicherheit bemerkt, aber er sieht nicht auf, sondern schreibt mit der rechten Hand, während die linke auf die Tischplatte trommelt.

Howard bemüht sich, nicht auf die Zettel zu sehen, dafür müsste er ohnehin hinter Joshua treten, und das ist keine gute Idee, deshalb bleibt er stehen. Er hat sich an diese Arbeitsweise mit ihm rangetastet. Anfangs hatte Joshua bestimmt, wann er die Informationen teilen wird, mittlerweile begreift der Profiler, dass die Zeit in manchen Fällen gegen sie läuft, und er akzeptiert Howards stilles Drängen.

Joshua legt den Stift neben den Block, reißt das Paper aber nicht ab, offensichtlich ist er mit seinen Gedanken noch nicht fertig, richtet die Fliege, die heute ganz mit Star Wars-Motiven geschmückt ist, und schiebt den Block etwas in die Tischmitte. Er faltet die Hände und sieht ihn an.

»Man ist noch nicht fertig.«

Auch daran, dass Joshua nie in der Ich-Form spricht, hat sich Howard so sehr gewöhnt, dass es ihm komisch vorkommen würde, wäre es bei Joshua anders.

»Aber man vermutet, dass die Ehefrauen die Tat nicht begangen haben. Man hat ein Profil für einen Täter außerhalb der Familie erstellt sowie jeweils ein Profil für die Frauen. Man ist noch nicht fertig.«

Howard nickt. »Gut, wann haben Sie alle Informationen zusammen?«

Joshua zupft an der Fliege herum. »Dreiundvierzig Minuten.« Er senkt den Kopf, zieht den Block zurück zu sich und nimmt den Kugelschreiber auf – sein eigener, den er seit Jahren mit sich führt und sogar schon einmal aufwendig geklebt hat – und schreibt weiter. »Man wird noch weitere, detailliertere Informationen zur Parasomnie sammeln und vortragen.« Da Howard nichts sagt und den Raum nicht verlässt, blickt Joshua auf. »Damit werden unerwünschte und unangemessene Verhaltensauffälligkeiten bezeichnet, die überwiegend aus dem Schlaf heraus auftreten.« Er beugt sich wieder nach unten.

»Ich dachte, es heißt Somnambulismus, aus dem lateinischen für Schlafwandeln.« Diesen Begriff hat er häufig in den Akten gelesen, daher verwirrt ihn das andere Wort.

Joshua hebt den Kopf und sieht ihn mit einem fast mitleidigen Blick an. »Parasomnie ist eine Kategorie von Schlafstörungen, die durch unerwünschte Ereignisse oder Erfahrungen während des Schlafes gekennzeichnet ist. Diese Störungen können während des Einschlafens, während des Schlafens oder beim Aufwachen auftreten. Man glaubt nicht an den gewöhnlichen Somnambulismus. Wenn man weitermachen kann, erklärt man das später. Jetzt sind es übrigens sechsundvierzig Minuten, Agent Caspar.«

Howard glaubt eine Spur von Zynismus in seiner Stimme wahrzunehmen. Etwas, wozu Joshua Gardner gar nicht fähig ist, er sich aber bei ihnen abgeschaut haben könnte.

Howard verlässt das Büro, schließt die Tür hinter sich und blickt durch die verglaste Tür in den Raum – ein anderes Zimmer mit freundlicherer Atmosphäre –, in dem Lauren mit ihrem Anwalt sitzt. Sie wirkt entspannt, fast heiter, wären da nicht die müden Augen und die fahle Haut. Howard spannt sich an, als er den Pflichtverteidiger mustert. Er eilt den Flur entlang und reißt die Tür des Meetingraumes auf. Die Gespräche verstummen, das Klackern auf der Tastatur hört auf.

»Habt ihr den Anwalt geprüft? Hat irgendjemand von euch mit ihm gesprochen?«

Thomas runzelt die Stirn und widmet sich wieder seiner Tastatur zu.

»Ich habe einen Hintergrundcheck gemacht, und Thomas hat ein geologisches Profil erstellt, wo er sich in den letzten drei Jahren aufgehalten hat.«

Howard verlagert das Gewicht von einem auf das andere Bein. »Ja, und?«

»Um es kurz zu machen ...«

»Ich will es gerade nicht kurz.« Howard fuchtelt mit der Hand in der Luft herum. Steward seufzt. »Tyler Lewis. Geboren 1980 in Detroit, Musterschüler in der High School, hat ein Stipendium für die juristische Fakultät an Harvard Universität in Boston bekommen und dort Rechtswissenschaften studiert. Er ist vor zehn Jahren in seine Heimatstadt zurückgekehrt und hat eine Kanzlei eröffnet, doch dann wurde seine Mutter schwer krank, ein Tumor in der Leber. Von den Ersparnissen hat er versucht, in einer Klinik in der Schweiz eine umstrittene Heilmethode auszuprobieren. Aber es war zu spät. Seine Mutter ist vier Wochen später verstorben. Er musste die Kanzlei schließen und hat für eine mittelmäßige Kanzlei gearbeitet. Obwohl er ein fantastischer Anwalt ist, blieb er dort und nahm viele Fälle pro bono oder als Pflichtverteidiger an, da er es mit seinem ethischen Gewissen nicht vereinbaren konnte, Menschen nur des Geldes wegen zu vertreten. Er ist weder verheiratet noch in einer Beziehung. Ein echter Workaholic.« Steward leckt sich über die

Lippen und zuckt mit den Schultern. »Er ist verdammt gut und spielt Staatsanwälte und Richter gegen die Wand.«

Howard kratzt sich am Kopf. Seit man ihm vor einem Jahr einen Tumor entfernt hat, ist es eine blöde Angewohnheit, die Narbe zu berühren, und manchmal bildet er sich ein, sie würde jucken oder gar aufgehen. Monate nach der Operation stellte er plötzlich eine gravierende Veränderung seiner kognitiven Fähigkeiten fest, über die er nicht mal mit Kathlyn gesprochen hat. Nicht, weil er sich schämt oder weil ihm einige Dinge schwerer fallen. Ganz im Gegenteil. Er ist aufmerksamer, das Gedächtnis hat sich verbessert, er fühlt sich wesentlich klarer als noch vor einem Jahr. Das sind alles keine Gründe, die er dem FBI melden müsste, und eigentlich sind ihm diese neuen Fähigkeiten auch ganz nützlich. Howard will einfach vermeiden, dass sie sich unnötig Sorgen macht, und das würde sie, wenn er mit ihr darüber spräche.

»Er war zu den Zeitpunkten der Morde nicht in Oklahoma oder Illinois?«

Steward schüttelt den Kopf. »Nein, er hat zu dem Zeitpunkt vor Gericht gestanden und ziemlich heikle Fälle vertreten, die er beide gewonnen hat.« Er zuckt mit den Schultern. »Tja, das Aussehen täuscht manchmal.« Ein Lächeln zuckt über Stewards Lippen.

Howard erwidert es und nickt. »Denkst du, er wird mit uns zusammenarbeiten?«

Steward runzelt die Stirn und lehnt sich im Stuhl zurück. »Er will Lauren Riggs da rausholen. Ich weiß nicht, ob er uns vertraut. Daher kann ich es nur schwer einschätzen. Er hat sich jedenfalls jede Menge Mühe gegeben, sein Verhalten seinem Aussehen anzupassen.« Steward zwinkert.

Der Kerl gefällt Howard. »Er spielt also eine Rolle.« Howard kratzt sich übers Kinn. »Habt ihr schon was rausgefunden zum Geoprofil?«

»Weißt du, es wäre echt geiler, wenn du ein Tablet nutzen würdest und ich dir die Infos einfach rüberbeamen könnte. So muss ich alles ausdrucken.« Thomas meckert, während er auf der Tastatur herumhackt. »Aber du bist ja so ein Spießer und in deiner Zeit hängengeblieben.« Er grinst, als er das sagt.

Howard winkt ab. »Irgendwann werde ich das in Angriff nehmen. Aber Papier kann ich an der Wand anheften, mögliche Verbindungen herstellen. Es fühlt sich besser an.«

Thomas knurrt leise. »Ja, aber dann hast du unwichtige Infos an der Wand hängen.«

»Probiers gar nicht erst, Thomas. Ich versuche ihm seit Jahren das Internet zu erklären.« Kathlyn sagt das liebevoll und kichert anschließend wie ein Schulmädchen.

»Na klar, ich bin ja so ein Hinterwäldler.«

»Ja«, sagen alle im Chor, außer Cook und Steward, die nichts ahnend von einem zum anderen sehen.

Howard klatscht in die Hände. »Okay«, sagt er immer noch mit einem Lächeln im Gesicht, »haben wir was zum Geoprofil?«

»Nicht wirklich. Nur eine, eigentlich zwei Sachen,

die mehr Aufmerksamkeit benötigen, sind uns bei allen drei Frauen aufgefallen.« Cook steht auf und geht zum Whiteboard, wo sie einen roten Stift von der Ablage nimmt und sehr groß und fett zwei Wörter untereinander notiert. Das könnte ihre erste Spur sein. Eine, worauf man den ganzen Fall aufbauen kann.

KAPITEL ACHTZEHN

Lauren könnte auf Kaution rauskommen. Sie würde zwar eingeschränkt sein durch eine Fußfessel – Lewis hat es fachlich elektronische Aufsicht genannt –, aber sie könnte nach Hause, herausfinden, was mit Dean passiert ist und dem Horrortrip ein Ende setzen. Er würde kämpfen, da er sie für unschuldig hält. Sie muss überlegen, strategisch planen, ihr Hirn anstrengen, resetten zu dem Zeitpunkt, bevor sie sich in Steven verliebt hatte, bevor er ihr ganzes Leben verändert hatte. Sie ist nicht immer so gewesen, so abhängig, in der Opferrolle, sodass sie gar nicht mehr gemerkt hat, wie ihr Leben irgendwann in andere Hände genommen worden war. Ja, Lauren war schon immer leicht beeinflussbar, hatte zu starken Frauen aufgeschaut, sich von ihren Freundinnen dominieren lassen, das gemacht, was sie vorschlugen, nur, um nicht anzuecken. Aber so schwach, so hilflos wie jetzt, hat sie sich noch nie gefühlt. Sie ist nicht einmal dazu fähig, Panik zu empfinden, weil Dean verschwunden ist, so sehr ist sie in ihrer Rolle als perfekte, immer lächelnde Ehefrau und Mutter gefangen. Lauren hat sich tatsächlich selbst verloren.

Diese Befragung von der Agentin hat ihr geholfen, sich an den Anfangspunkt zurückzudenken, an den Punkt, an dem sie Steven kennengelernt hat. Und wie es chronologisch für sie weiterging. Das alles hat sie aber erst in der Einzelzelle in einer anderen Haftanstalt auf Papier gebracht. Tyler Lewis hat ihr dabei geholfen und ihr Mut gemacht. Sie wird noch ein paar Tage eingesperrt sein, weil ein medizinisches Gutachten aussteht, aber Lewis hat ihr versichert, dass sie, selbst wenn dabei nichts herauskommen würde, auf Kaution freikäme. Er stützt seine Verteidigung auf Notwehr, die frischen Wunden auf ihrem Rücken und die alten Narben darunter beweisen, dass sie sich gegen seine Gewaltattacken wehren musste. Wo Dean ist, weiß sie nicht, sie kann sich nicht erinnern, was in der Nacht genau vorgefallen ist. Aber vielleicht fällt es ihr ein, wenn sie zu Hause in der gewohnten Umgebung ist.

Das einzig große Problem an der Verteidigung allerdings ist, dass eine ähnliche Situation in zwei weiteren Familien passiert ist. Lewis hatte ihr alle Einzelheiten dazu erzählt.

»Die Frauen sind gestorben, bevor das FBI die Fälle übernommen hat. Sie konnten nicht mehr befragt werden.«

Lauren hört in ihrem Inneren fast ein knacksendes

Geräusch, eines, das ihr sagt, dass langsam alles zerbricht, woran sie geglaubt hatte. Noch immer schweigt sie und vertraut ihrem Anwalt, der ihr so viel Hoffnung gibt, diese eine Sache nicht an. Sie muss den Grund dazu verdrängt oder vergessen haben, aber er ist so tief in ihrem Gehirn verwurzelt, dass sie weiter schweigt.

Lewis nimmt ihre Hand in seine. »Sie sind noch am Leben, Miss Riggs.« Er sieht sie an, als wüsste er ganz genau, dass sie etwas verheimlicht. Vermutlich weiß er es auch. Aber sie muss erst ihre Gedanken ordnen, diese kognitive Befragung für sich selbst anwenden und herausfinden, warum sie nicht darüber reden will.

»Sie werden verlegt, weil Sie wichtig sind, weil man sie beschützen will.«

»Warum?«

Er zuckt mit den Schultern. »Auf die Details der Ermittlungen habe ich keinen Zugriff, aber ich reime mir zusammen, dass man Sie aus dem Grund in Sicherheitsgewahrsam nimmt, weil die Todesfälle der beiden anderen Frauen Fragen aufgeworfen haben.«

Ein Schauder läuft über ihren ganzen Körper, einer, der sie sogar zum Zittern bringt. »Hat man die Kinder gefunden?«

Ein trauriger Ausdruck huscht über Lewis Gesicht. Er ist wirklich ein verdammt guter Anwalt. Empathisch, selbstbewusst, motiviert, so voller Sicherheit. Sie hat sich so in ihm getäuscht. Nun, sie war nichts anderes gewohnt, außer aalglatten Anwälten in maßgeschneiderten Anzügen und Schuhen aus Italien. Überheblich, die erst ab mehreren hundert Dollar anfangen, sich mit einem Fall zu beschäftigen.

»Nein, die Kinder wurden nie gefunden. Weder tot noch lebend. Es tut mir leid, Miss Riggs …«

Lauren drückt seine Hand. »Lauren.« Das war mutig, so gar nicht die Lauren Riggs, die sie im Laufe der Jahre geworden ist. Sie spürt, dass ihr Gesicht heiß wird und senkt den Blick. Er drückt ebenfalls kurz ihre Hand, zieht seine aber sofort zurück.

»Okay, Lauren.« Sanft, seine Stimme klingt sanft, aber reserviert. Es fühlt sich nicht unhöflich an. Wie schaffte man eine solche Balance?

Es geht ihr besser nach diesem Gespräch. Sie wird heute Nachmittag, also in wenigen Stunden, mit einem Arzt sprechen. Er wird sich vorab ein Bild machen, alle weiteren Untersuchungsmethoden mit ihr besprechen. Lauren war nie wegen ihrem Schlafwandeln in Behandlung, bislang gab es keinen Grund dafür, sie hatte sich selbst nicht so schwer verletzt, als dass es notwendig gewesen wäre. Während der Schwangerschaft hat es gänzlich aufgehört und erst vor einem Jahr sporadisch wieder angefangen. Steven hat ihr außerdem davon abgeraten, denn er wollte nicht, dass die Krankenkasse der Firma von einem psychischen Problem Kenntnis erlangt. »Das steht für immer in deiner Krankenakte, Lauren. Du willst doch nicht als psychisch krank gebrandmarkt sein.« Es hat ihr eingeleuchtet, wobei sie anfangs nicht verstand, warum er glaubte, die Krankenversicherung, in der alle Mitarbeiter der Kanzlei versichert waren, würde Daten der Ehegatten ihrer Mitarbeiter weitergeben. Sie notiert die Aussage in dem Buch, das Tyler auf ihre Bitte hin für sie besorgt hat. Er scheint sich wirklich für sie als Mensch zu interessieren, will ihr helfen, weil er davon überzeugt ist, dass sie unschuldig ist.

Die Zelle und die damit verbundene Schutzhaft, fühlt sich viel besser an als das Gefängnis. Die Toilette ist etwas geschützt vor Blicken von außen, da sie hinter einer brusthohen Mauer steht. Sie ist allein, bis auf einen FBI-Agenten, der vor ihrer Zelle Wache hält. Bislang ist sie noch nicht hinausgetreten, obwohl die Tür offen steht, aber sie will die nächsten Stunden alles aufschreiben und aufarbeiten, was sie in diese Situation gebracht hat. Vielleicht erinnert sie sich an den Grund, weshalb sie über diese eine bestimmte Sache zu schweigen hat. Alles, was in jener Nacht geschehen ist, bleibt noch immer hinter einem Schleier verborgen, den sie nicht wegziehen kann, oder will, weil es einen Grund gibt, wieso sie sich nicht erinnern darf.

KAPITEL NEUNZEHN

Weder Vanessa Mines noch Alexandra Wise oder Lauren Riggs hatten einen Laptop oder waren mit ihren Handys im Internet gewesen. Ja, man könnte den Verlauf löschen oder den Browser auf privat surfen einstellen, sodass nichts gespeichert wird, aber selbst diese Möglichkeit hatte keine von ihnen in Betracht gezogen. Howard kann es als Einziger einigermaßen nachvollziehen, er surft eher selten im Internet, weiß nicht einmal, dass es eine Privat-surfen-Funktion existiert, für die anderen aus seinem Team ist es vollkommen unverständlich.

»Wo haben die denn Kochrezepte her?« Cook wirft die Hände in die Höhe. »Oder Öffnungszeiten von einem Laden? Rezensionen für den Kinderarzt?« Sie stöhnt laut.

Howard hebt einen Finger. »Es gibt auch Rezeptbücher. Man kann im Laden anrufen. Oder die Nachbarn mit Kindern befragen, wie gut der Arzt ist. Wäre immerhin eine Möglichkeit.«

Alle stöhnen. Kathlyn deutet auf sich und die anderen aus dem Team. »Wir hier sind die normalen Menschen. Die, die mit der Zeit gehen, und du«, sie deutet auf ihn, »bist ein Neandertaler aus der Steinzeit.« Diese kleinen Sticheleien untereinander sind Howard wichtig für eine winzige Auszeit von den Grausamkeiten, mit denen sie es zu tun haben. Deshalb ist er deshalb auch nicht beleidigt.

Howard lacht. »Okay, okay, ich bin also eine Ausnahme. Stellt sich die Frage, ob den Frauen das Internet durch ihre Männer verboten wurde, ob sie ihre Handys nicht vollumfänglich nutzen durften. Hat ihr Mann das geprüft? Und hat er seinen eigenen Laptop nicht mit nach Hause genommen? Manche Dinge erledigt man ja doch privat und nicht in der Firma. Überweisungen, E-Mails des Kindergartens und so weiter. Aber was mich viel mehr interessiert: Hatten die Frauen tatsächlich keinerlei Zugang zum Internet oder haben sie es heimlich genutzt? In Büchereien und Internetcafés zum Beispiel?«

»Da komme ich zur zweiten Frage, die ich mir stelle, seit ich an diesen Fällen arbeite und die deine Theorie mit Büchereien festigt.« Cook springt auf und geht zurück zum Whiteboard, wo sie auf das zweite Wort deutet.

Bücher.

Sie räuspert sich. »Alle drei Frauen haben gelesen. Aber«, sie hält einen Finger hoch, »es waren Groschenromane auf ihren Nachttischen. Also das Heftchen, in dem sie gerade gelesen haben. Sonst hat die Spurensicherung nur Fachbücher aufgelistet, die eindeutig den Männern zuzuordnen sind. Sonst nichts.«

»Das könnte bedeuten, dass die Frauen in einer Bücherei waren«, sagt Kathlyn nachdenklich. Dann seufzt sie. »Oder sie haben einfach nicht gerne gelesen. Denn in den Fachbüchern ihrer Ehemänner haben sie sicherlich nicht geschmökert.«

»Alle drei?« Cook blickt sie zweifelnd an. »Ich habe auch Freundinnen, die nicht gerne lesen, aber es gibt ›ne Menge, die lieben Bücher und die stellen sie in ihren Schrank, hüten sie wie Schätze.«

»Du hast Freundinnen?« Steward lacht laut.

Sie boxt ihn gegen die Schulter. »Vorsicht, mein Freund. Nächstes Mal wird's härter.« Dann wendet sie sich den anderen zu. »Ja, eine hat vielleicht keine Lust auf Lesen – wobei ich mich dann frage, wieso liest sie dann Groschenromane – aber drei? Das ist mir ein zu krasser Zufall.«

»Okay, okay.« Rick springt auf und geht hin und her. »Warum müssen dann drei Frauen aus unterschiedlichen Staaten in Büchereien gehen oder in ein Internetcafé? Könnte es nicht sein, dass alle Paare so Hinterwälder waren wie Howard?« Er zuckt mit den Schultern und duckt sich gespielt, als Howard die Faust hebt.

»Fassen wir das mal zusammen.« Howard geht zum Whiteboard. »Der Täter kannte sie eventuell aus einer Bücherei oder einem Internetcafé. Also könnte er sich in die jeweiligen Computer einhacken und möglicherweise anhand von Keywörtern die Opfer ausgewählt haben. Nehmen wir mal an, die lauten: Gewalt in der Ehe«, sagt er, zählt mit den Fingern ab und sieht sich in der Runde um, alle nicken zustimmend, »Schlafwandeln, Narzisst als Partner«, das Team nickt, »Kontrolle durch Partner und Kinderkrankheiten oder so.« Er hat fünf Finger ausgestreckt. Fünf Übereinstimmungen. »Letzteres kann er auch herausgefunden haben, ohne danach im Internet zu suchen. Zum Beispiel, wenn er ihnen anschließend folgt.«

Thomas blickt nachdenklich auf den Monitor vor sich. »Ich bin bei dir, hinterfrage diese Theorie aber.« Die anderen stöhnen gespielt auf. »Erstens: Wie wahrscheinlich ist es, dass irgendwann eine Frau in eine Bücherei kommt und alle von dir genannten Schlüsselwörter eingibt?«

Howard ist schon klar, dass die Chance gegen null geht, aber vielleicht braucht es auch nicht alle. Für den Anfang. Der Täter hat sich bewusst viel Zeit gelassen, um die Familien zu zerstören. Die Abstände betragen ja jeweils fast aufs Datum genau ein Jahr, vermutlich nicht ohne Grund. Ja, die Chance auf eine Familie zu treffen, die alle diese Merkmale erfüllt, ist nicht sehr hoch, es ist weiterhin nur eine Hypothese, dass die Frauen tatsächlich in Büchereien oder Internetcafés gegangen sind. Der Täter muss sehr viel Geduld, Zeit und Planung investiert haben. Es ist aber nun mal so, dass sich diese Fälle nicht nur ähneln, sondern, dass die genannten Parameter übereinstimmen. Joshua würde ihnen sicherlich mit den Profilen auch eine Prozentzahl der Menschen in Amerika nennen, die unter dieser konkreten Schlafstörung leiden. Leider war keine der Frauen in ärztlicher Behandlung, um prüfen zu können, um welche Art von Parasomnie es sich genau handelt. Zudem wurden die Frauen nicht durch einen Arzt untersucht, der anschließend ein Gutachten erstellt. Die Frauen waren von vornherein für schuldig befunden worden. Sie hatten bei ihrer Festnahme lediglich ausgesagt, dass sie schlafwandeln und sich an nichts erinnern können.

»Wenn er sich zunächst nur die Frauen herausgesucht hat, die zum Beispiel Schlafwandeln bei Erwachsenen eingegeben haben, könnte er durch ein Ausschlussverfahren irgendwann seine Opfer aussortiert haben, indem er ihnen folgt, um mehr Informationen über sie rauszufinden. Denkt dran, er hat sich Zeit gelassen.« Howard will die Theorie nicht begraben, obwohl er Thomas zustimmen muss.

»Also suchen wir in den jeweiligen Bundesstaaten nach Büchereien und Internetcafés, durchleuchten die Mitarbeiter und gleichen die mit den anderen Bundesstaaten ab und haben irgendwann einen Täter?« Thomas stöhnt, knackt mit den Fingern, indem er sie ineinander verschränkt und fängt an zu tippen.

»Zusätzlich sollten wir prüfen, ob die Frauen einen Ausweis ...« Cook winkt ab. »Ach, vergesst es. Sie haben sicherlich einen Fantasienamen benutzt.«

Thomas lugt hinter dem Monitor hervor. »Tja, wenn sie offiziell nie dort waren, haben wir auch keinen echten Beweis, selbst wenn dort einer arbeitet, der zufällig«, er malt Anführungsstriche in die Luft, »in jedem Bundesstaat zufällig«, erneut Anführungsstriche, »in einer Bücherei oder in einem Internetcafé gearbeitet hat. Und was ist, wenn die Frauen weder in einem Café noch in einer Bücherei waren und in einem Elektroladen für umme gesurft haben?«

»Prüfe das auch.« Howard will sich im Moment an dieser Theorie festhalten. Dazu ist aber auch das detaillierte Profil von Joshua notwendig, um den Täter noch weiter einzukreisen. »Es ist sehr wahrscheinlich, wenn unser Täter so vorgeht, dass er als Aushilfe unter falschem Namen, mit verändertem Aussehen gearbeitet hat. Wir müssen ganz genau jeden Einzelnen prüfen. Ich kann mir nicht vorstellen, dass wir mehrere Verdächtige rausfischen. An die Arbeit.«

Sie brauchen das Profil des Täters und die Informationen, die Lauren Riggs vor Kathlyn verheimlicht hat. Während die anderen die Aufgaben abarbeiten, schnappt sich Howard Rick, damit sie sich mit dem Anwalt zusammensetzen. Tyler Lewis hat eine Strategie, muss er haben, sonst hätte Lauren während des Gesprächs mit ihm nicht so entspannt gewirkt. Anwälte sind nicht Howards Sache, da deren moralischer Kompass selten mit Howards übereinstimmt, aber dieses seltene Exemplar könnte eine Ausnahme sein. Bevor er aber seine grobe Idee mit ihm durchgeht, will er sich selbst ein Urteil bilden.

. . .

Lewis ist überraschenderweise sofort gesprächsbereit und schlägt Howard vor, in der Kanzlei vorbeizukommen. Die ist nicht weit entfernt, und Howard nutzt die Fahrt, um Rick sein Vorhaben zu erläutern. Der ist, wie Howard es erwartet hat, nicht gerade begeistert, da er selten über den Tellerrand hinaussieht, sondern Fakten und stichhaltigen Beweisen den Vorrang gibt. Zum Ende der Fahrt ist er mürrisch, zieht ununterbrochen an seiner E-Zigarette und flucht über den leeren Akku, als Howard das Auto parkt.

»Du solltest den Scheiß einfach bleiben lassen.« Howard steigt aus und zieht die Jacke um die Schultern. Der Wind frischt auf, es riecht nach Ozon und Regen.

»Es schmeckt gut.« Sie folgen dem gepflasterten Weg zu einem Eingang in ein fad aussehendes Bürogebäude. Die Gärten um das Gebäude sind gepflegt, Rasen ist gemäht, Bäume zurückgeschnitten, aber der Betonklotz vor ihnen wirkt alt, die Fassade ist dunkelgrau und von Rissen gezeichnet. Laut Briefkästen scheinen hier mehr als fünfzig Unternehmen untergebracht zu sein. Im Foyer gibt es keinen Empfang, nur eine traurig aussehende Pflanze, die nicht oft gegossen wird. Ein Benjamini stellt Howard im Vorbeigehen fest. Weiter geradeaus am Ende des Foyers warten drei Fahrstühle. Einer davon scheint defekt zu sein. Er zeigt Erdgeschoss an, die Türen sind allerdings geschlossen. Erst dann bemerkt Howard einen kleinen Zettel, auf dem ›Defekt‹ steht. Rick betritt den ersten und drückt auf den vierten Stock. Lewis hat ihnen den Hinweis gegeben. Nach dem Aussteigen sollen sie nach links gehen. Die Kanzlei sei hinter der ersten Tür. Howard überlegt kurz, welche Arten von Mandanten sich hierher verirren, aber er verwirft den oberflächlichen Gedanken sofort. Was zählt, ist das Ergebnis, nicht eine prunkvolle Kanzlei, die eine komplette Etage in einem Gebäude besetzt, wo alles hochmodern eingerichtet ist.

»Hoffentlich macht der Aufzug nicht schlapp.« Rick sieht sich unbehaglich in der kleinen Kabine um, die für vier Personen ausgelegt ist. Durch seine Größe und Statur wirkt es, als wären bereits sechs Personen drin. Die Geräusche, die der Fahrstuhl beim Hochfahren macht, sind jedenfalls nicht sehr vertrauenerweckend. Es quietscht so laut, dass Howard sich instinktiv an der Wand abstützt.

»Wir nehmen nach dem Gespräch die Treppe«, sagt Rick und atmet erleichtert aus, als sie endlich im vierten Stock halten. Als Howard die Tür öffnet, ist er dann doch überrascht. Zwar findet sich hier kein Prunk, aber alles wirkt professionell, sauber und geschäftig. Eine Empfangsdame mit Headset auf dem Kopf, Mandy George, lächelt sie an.

»Sind Sie die Leute vom FBI?«

»SSA Howard Ca…«

»Caspar und Stanton.« Sie lächelt und schiebt zwei Besucherausweise auf dem Tresen nach vorn. »Mister Lewis erwartet Sie bereits.« Sie steht auf, nimmt das Headset vom Kopf und kommt hinter dem Tresen hervor. Die Kanzlei ist größer als erwartet. Mandy geht vor, den Gang nach links, wo Howard etwa fünf Büros zählt. Tyler Lewis steht bereits im Flur und bittet sie in seines. Howard hat völliges Chaos erwartet, einen billigen Schreibtisch, schiefe Regale mit Büchern darin. Aber er wird noch einmal überrascht. An einer Fensterfront steht ein großer Schreibtisch aus Mahagoniholz. Darauf ein Laptop, der im Moment zugeklappt ist. Ein Stiftehalter und ein Bilderrahmen. In der Ecke rechts neben der Tür lädt eine dunkelbraune Couchgarnitur, die ziemlich teuer aussieht, zum Gespräch ein. Auf dem Glastisch, der von breiten Sesseln und der Couch an der Wand flankiert wird, ist ein Tablett mit Getränken, Obst und Gläsern sowie Tassen darauf vorbereitet worden. Ein Bücherregal nimmt die komplette linke Seite ein und ist befüllt mit Büchern und irgendwelchen Pokalen und Auszeichnungen. Rechts geht eine Tür ab, die geschlossen ist.

Tyler setzt sich auf einen Sessel, keinen bestimmten, er scheint darauf keinen Wert zu legen. Aber Howards Bild von diesem eher unscheinbaren Mann wird immer schärfer. Er spielt eine Rolle. Und die spielt er verdammt gut.

Er deutet auf die Couch. »Bitte, nehmen Sie Platz.« Er wartet einen Moment, bis Rick sich auf den Sessel auf der rechten Seite setzt und Howard schließlich die Couch wählt. »Möchten Sie etwas trinken? Kaffee, Tee, Wasser, Saft?«

Howard schüttelt den Kopf, Rick schenkt sich eine Tasse dampfenden Kaffee ein und stellt sie vor sich, ohne daraus zu trinken.

Tyler Lewis zupft an der Krawatte, auf der Howard einen Senffleck erkennt. Das Haar steht unordentlich vom Kopf ab, als wäre er in einen Sturm geraten. Der Bart bedeckt die komplette untere Gesichtshälfte. Von der Statur wirkt er sehr schlank, aber das kann auch täuschen, durch den knittrigen, etwas zu großen Anzug. Dafür blicken ihn seine wachen, blauen Augen aufmerksam an, und die kleinen Lachfalten zeigen, dass er durchaus ein lustiger Zeitgenosse zu sein scheint. Er ist auf der Hut, aber er zeigt es nicht. Howard hat innerhalb von wenigen Momenten entschieden, dass dieser Anwalt genau der Richtige für Lauren Riggs ist und er keine wertvolle Zeit vergeuden, sondern ihn direkt in seine Idee einweihen sollte. Diese Entscheidung wird Howard vor seinen Vorgesetzten erklären müssen, aber ihm geht es nur um den verschwundenen Jungen.

KAPITEL ZWANZIG

Sie verbringt den restlichen Tag damit, ihre Gedanken aufzuschreiben, isst und trinkt nichts. Der Agent vor der Tür schaut immer mal wieder rein und erkundigt sich, ob sie etwas essen oder trinken möchte. Aber Lauren schüttelt jedes Mal den Kopf.

Früher als Teenager hat sie regelmäßig Tagebuch geführt. Irgendwann hat sie aber Angst bekommen, dass ihr Vater die Aufzeichnungen findet, und sich lustig darüber macht, was sie hineingeschrieben hat. Sie hatte kein gutes Verhältnis zu ihm, er hat sie geschlagen, wenn er betrunken nach Hause kam, manchmal war er tagelang nicht da. Lauren überlegt. Ist ihr Vater schuld, dass sie sich immerzu in die Opferrolle begibt, dass sie immer die falschen Kerle datete? Lauren wischt den Gedanken weg wie eine lästige Fliege. Darüber kann sie nachdenken, wenn sie alles aufgeschrieben hat, wenn sie alles wieder weiß, zum Beispiel, wo Dean sein könnte.

Es sind so viele Episoden, so viele Dinge, die sie verdrängt hat, die sie irgendwann mal als normal empfand, die aber keineswegs normal sind. Irgendwann schreibt sie nur noch Stichpunkte auf, denn sie hat keine Zeit, sich mit der lang zurückliegenden Vergangenheit aufzuhalten. Vielleicht irgendwann, vielleicht auch nie. Jedenfalls sehr viel später in der Zukunft, wenn sie Dean wieder hat und mit ihm in Florida lebt.

Sie muss endlich zu dem Datum in ihrer selbst erstellten Chronik kommen, an dem alles seinen Anfang nahm. Lauren blättert bis zum Ende, zählt die Seiten rückwärts ab, damit sie später die restlichen Seiten füllen kann, und stellt sich in ihrem Kopf die Fragen, die Agentin Kathlyn Caspar gestellt hat. Sie schließt die Augen, lehnt sich an die kühle Betonmauer und steht in ihrer Erinnerung vor dem Eingang eines älteren Gebäudes, überlegt, ob sie es betreten soll, und als sie über die Schwelle geht, hat sie ihr Schicksal besiegelt, ohne die geringste Ahnung zu haben, welche weitreichenden Folgen dieser Schritt haben wird.

KAPITEL EINUNDZWANZIG

Rick nippt schweigend an dem Kaffee. Seinem Gesichtsausdruck nach zu urteilen, muss er sehr gut schmecken. Howard beendet seinen Vortrag und lehnt sich zurück.

Tyler Lewis fährt sich durch den Bart, als wäre er ihm lästig und würde ihn nur noch aus Gewohnheit tragen. Und wer weiß, vielleicht ist seine untere Gesichtshälfte deformiert oder ein anderer Schönheitsmakel verbirgt sich unter dem krausen Haar. Howard vermutet allerdings, dass er zu seiner Maskerade gehört und den Trottellook vervollständigen soll.

Der Anwalt beugt sich vor. »Fassen wir mal zusammen.« Er klaubt eine Traube aus der Obstschale und steckt sie sich in den Mund. Bevor er weiterredet, kaut er und schluckt sie runter. »Sie wollen Lauren Riggs freilassen, in der Hoffnung, sie wird Sie zum Kind führen?« Er runzelt die Stirn. »Aber gleichzeitig sagen Sie, dass Sie mittlerweile nicht mehr daran glauben, dass sie schuldig ist, sondern ein Serienkiller die Tat begangen hat?«

Howard hatte die Theorie etwas mehr ausgeschmückt, auch im Hinblick auf die anderen Fälle und die Todesumstände der beiden Frauen, aber im Großen und Ganzen hat Lewis alles korrekt verstanden. Bis auf die Tatsache, dass Lauren sie zu ihrem Kind führen soll.

Howard beugt sich vor. »Nicht ganz. Ich glaube, dass der eigentliche Täter sie und somit auch uns zu Dean führen wird.«

Lewis atmet hörbar aus. »Ach ja. Weil Sie glauben, dass der Täter die ersten beiden Frauen irgendwie umgebracht hat.« Er sieht ihn zweifelnd an. »Im Gefängnis und einer Nervenheilanstalt. Natürlich hat er überall entsprechende Kontakte. Deshalb auch die Schutzhaft für meine Mandantin.«

Howard würde den Mann am liebsten schütteln und ihm sagen, er könne jetzt mit der Maskerade aufhören, aber er reißt sich zusammen. »Für mich steht nicht an erster Stelle, den Täter zu finden, sondern das Leben eines unschuldigen Kindes zu retten. Wie Sie sicher wissen, sinkt die Wahrscheinlichkeit mit jeder Stunde, es lebend zu finden.« In Lewis‹ Augen ist ein Blitzen zu erkennen, nur kurz, aber Howard wertet dies als Zeichen, dass er ihm langsam zu vertrauen beginnt und die Maske ablegt. Er hat ja Verständnis für den Anwalt. Aber Howard hat nur wenige Augenblicke, um ihn davon zu überzeugen, dass sie auf derselben Seite sind.

Rick stellt klappernd die Tasse auf den Tisch und durchbohrt den Anwalt mit seinem Blick. »Hören Sie, Herr Anwalt, wir haben keine Zeit für Spielchen, und ich habe keine Lust, Sie mit ins Boot zu holen. Und Ihre lächerliche Vorstellung geht mir auf den Sack.« Ricks Stimme klingt genervt. Er wendet sich an Howard. »Eigentlich brauchen wir den doch gar nicht.«

Howard kommt nicht zu Wort. Rick gibt gerade die perfekte Vorstellung des Guter-Bulle-böser-Bulle-Spiels ab.

Rick erhebt sich. »Aber der Kaffee ist super.«

»Ich habe gesehen, wie Lauren Riggs auf Sie reagiert, und ich habe Ihre Mandantin beobachtet, als sie mit uns gesprochen hat. Sie vertraut Ihnen, auch wenn sie Ihnen nicht mehr verraten hat als uns. Aber wenn ich richtigliege, wird der Täter sie sich höchstpersönlich greifen und wir haben ihn, weil wir permanent an ihr dran sind. Und wenn nichts passiert«, er zuckt mit den Schultern, »wird uns Lauren Riggs zu ihrem Kind führen. Entweder zu einem Grab oder einem Versteck. Aber«, er senkt die Stimme, »wir haben nichts verloren, denn sie wird zu jeder Zeit beobachtet. Im besten Fall finden wir das Kind lebend.«

Rick macht ein knurrendes Geräusch, als wäre er von der Idee überhaupt nicht begeistert.

Lewis blickt nach unten, reibt sich erneut über den Bart und sagt kein Wort, als würde er nachdenken.

Howard steht auf. »Zeit haben wir übrigens nicht, Mister Lewis.«

Rick erhebt sich ebenfalls und wirft einen sehnsüchtigen Blick auf die Thermoskanne mit dem Kaffee.

»Okay. Vielleicht werde ich das bereuen, aber mein Bauchgefühl sagt mir, dass die Sache funktionieren könnte. Welche Aufgabe habe ich in diesem Spiel?« Lewis steht auf, knöpft das Jackett zu und geht hinter seinen Schreibtisch. Die Körperhaltung des Mannes hat sich binnen weniger Minuten zu einem selbstsicheren Anwalt gewandelt. Howard würde jedenfalls schallend lachen, wenn Lewis seinen Bart abnehmen würde, aber das tut er nicht. Manchmal hat man die skurrilsten Gedanken in Situationen, die absolut ernst sind. Howard verdrängt die Vorstellung und konzentriert sich auf die Operation. »Sie werden Lauren Riggs in einem Hotel einchecken. Sagen Sie ihr, dass ihr Haus noch nicht freigegeben wurde, aber Sie gern ein paar persönliche Sachen für sie holen werden. Die Liste senden Sie an uns. Vielleicht ist etwas darunter, das uns zum Täter führt. Bis zur Kautionsanhörung wird Ihre Mandantin mit einer elektronischen Fußfessel unter Aufsicht freigelassen.«

»Wie sieht ihr Bewegungsradius aus?«

Howard überlegt einen Moment. »Zehn Meilen. Zusätzlich wird sie mit weiteren Peilsendern ausgestattet. Sie bekommen die Geräte von unserem Analysten Thomas Land, und wenn wir die Liste erhalten, was Sie aus dem Haus holen sollen, teilen wir Ihnen mit, wo Sie die Peilsender anbringen.«

»Was ist mit der ärztlichen Untersuchung, der Presse, Staatsanwalt?«

»Um die Formalitäten kümmern wir uns. Die Presse …« Howard überlegt einen Moment. »Sollte etwas durchsickern, kann uns das vielleicht helfen, damit der Täter angreift. Unsere Agents kümmern sich darum. Rechnen Sie damit, dass Sie ein paarmal das Hotel wechseln müssen.«

Tyler stemmt die Hände auf die Tischplatte. Er denkt nach. Vermutlich spielt er jeden nur möglichen Ausgang dieses Projektes im Kopf durch, und er scheint mit keinem Ende zufrieden zu sein.

»Das ist unsere Operation, unsere Verantwortung, Mister Lewis. Ich vertraue Ihnen, dass Sie im Interesse eines unschuldigen Kindes handeln.«

Der Anwalt stellt sich auf und nickt schließlich. »Wann geht es los?«

Howard sieht auf seine Uhr. »Jetzt. Fahren Sie jetzt los.«

»Sie haben alles schon in die Wege geleitet?« Für einen kurzen Moment ist ein Anflug von Panik in seinen Augen zu entdecken.

Rick schnaubt. »Wir hätten es auch ohne Sie durchgezogen, aber unsere Chancen auf Erfolg steigen mit Ihnen an Bord.« Er verzieht sein Gesicht und neigt den Kopf zur Seite. »Wenn auch minimal. Lauren Riggs scheint Ihnen zu vertrauen«, betont er noch einmal den letzten Satz.

Lewis weiß nicht recht, ob er aufstehen soll und was seine nächsten Schritte sein werden.

Howard legt seine Visitenkarte auf den Tisch. »Wir müssen zusammenarbeiten, Mister Lewis. Ich bin zu jeder Zeit erreichbar, und ich werde alles in meiner Macht Stehende tun, um Ihnen bei möglichen Hindernissen zu helfen. Egal, was es ist.«

Rick räuspert sich. »Das meint er ehrlich so, Mister Lewis.« Er legt seine Karte neben Howards. Lewis nimmt die Karten an sich, nickt und steht ebenfalls auf, um ihnen nacheinander die Hand zu reichen, als hätten sie einen Millionendeal beschlossen.

Als Howard in den Flur geht, summt sein Handy. Er zieht es aus der Jackentasche. Joshua hat die Profile erstellt. Rick bleibt neben ihm stehen, wirft einen Blick auf das Display, und Howard trifft eine Bauchentscheidung, als er Lewis‹ Büro betritt. »Bevor Sie Ihre Mandantin abholen, möchte ich, dass Sie uns begleiten.«

KAPITEL ZWEIUNDZWANZIG

EINIGE WOCHEN ZUVOR

Lauren hasst Dinnerpartys. Aber das würde sie niemals laut sagen. Selbst den Gedanken, dass sie sich unwohl fühlt, Gastgeberin zu spielen, verdrängt sie, um sich ja nichts anmerken zu lassen.

Mindestens einmal im Jahr richten die Riggs eine Dinnerparty für Geschäftspartner, deren Familien und einige auserwählte Kunden aus.

Während die anderen Kollegen von Steven professionelle Eventplaner engagieren, hat Lauren ganz allein die Verantwortung von ihrem Mann übertragen bekommen. Das bedeutet, sie kocht, sie dekoriert den Garten, gestaltet die Einladungskarten, kümmert sich um die Getränke und die Musik. Diesmal wird es besonders schwierig, weil sie die Wetterbedingungen beachten muss. Ende April kann es schön sein, was selten ist. Meistens regnet es ununterbrochen.

»Ich freue mich, dass du so viel Vertrauen in mich hast.« Das ist so was von gelogen, und ihr Lächeln, das sie hinterherschickt, gespielt und gekünstelt, jedenfalls fühlt es sich in dem Moment so an.

Steven drückt ihre Hand. »Du wirst mich nicht blamieren, das weiß ich.« Es ist ein Satz, der nett und liebevoll klingen könnte, aber bei Steven ist immer dieser Unterton zu hören, dieser vorwurfsvolle Klang, die versteckte Drohung, die nur Lauren wahrzunehmen scheint.

»Ich mache mich gleich an die Planung.« Vielleicht bildet sich Lauren auch alles nur ein. Vielleicht interpretiert sie zu viel hinein, und er traut ihr die Organisation und Planung tatsächlich zu und will ihr das Gefühl geben, dass sie viel besser sei als die Frauen seiner Geschäftspartner. Aber tief in ihrem Innerem nagt dieser Zweifel, diese pessimistische Stimme, die ihr sagt: Er will einfach nur besser sein als seine Geschäftspartner, ihnen zeigen, wer die Hosen anhat. Ich habe die Kontrolle über meine Frau. Ihr nicht.

Lauren könnte die Party in den Sand setzen, ihn bloßstellen, allen zeigen, dass er nicht der harte Kerl ist, der er vorgibt zu sein.

Sie könnte wirklich ...

Und sie stellt es sich vor, wie so ein Desaster aussehen würde.

Wie sie als Zuschauer voller Schadenfreude den Anblick genießt.

Aber ... nein, sie ist seine Frau, die Mutter seines Kindes, seine Partnerin. Und so eine große Sache ist es nun auch wieder nicht.

Vier Gründer der Kanzlei, samt Ehegattinnen.

Fünfzehn Kollegen. Anwälte, Assistenten und deren Partner.

Drei der wichtigsten Mandanten – ohne Partner.

Steven hat sie früh genug informiert, sie dürfte keine Probleme haben, diesen Abend zu organisieren und durchzuführen. Lauren hat die Tage genauestens verplant. Sie hat die Zeit, eine Liste, was sie wann zu tun hat, hat den kompletten Ablauf der Party zeitlich vorbereitet.

Hätte sie nicht vor einigen Monaten etwas an ihrer Routine geändert, nur minimal, wenige Stunden an einem Tag der Woche und wäre dieses Ereignis nicht mit Heimlichkeiten verbunden, mit ständiger Veränderung, hätte sie diese Party nicht mal groß gestresst. Aber diese beiden Welten miteinander zu verbinden, ist einfach nicht möglich. Es kostet sie eine immense Anstrengung, ihre Rolle in beiden zu spielen.

Die Dinnerparty ist ein Erfolg, alles hat geklappt. Lauren ist die perfekte Gastgeberin, sie schenkt jedem Grüppchen genügend Aufmerksamkeit, die Getränkebar ist gut gefüllt, das Buffet wird gelobt, das Wetter spielt mit.

Eine Kleinigkeit hat sie jedoch nicht beachtet. Eine Sache, die sie völlig verdrängt, vergessen hat oder ihr nie wichtig genug erschien, um dieses Detail zu behalten.

Sie wird bestraft, als der letzte Gast ihr Haus

verlässt. Steven lockert seine Krawatte, öffnet den Gürtel und zieht ihn durch die Hosenschlaufen. Als er auf sie zukommt, verzieht sich sein Gesicht zu einer Grimasse, und er drängt sie ins Badezimmer. Lauren geht den Abend im Schnelldurchlauf im Kopf durch, aber sie kommt nicht auf den Fehler, den sie gemacht hat. Vermutlich, weil sie zu erschöpft ist.

Sie fragt nicht, sie bettelt nicht, als er die Badezimmertür hinter sich zuzieht. Lauren streift das schwarze Kleid ab und dreht sich um. Wortlos.

Erst wird er ihr den Fehler vorhalten und dann wird sie den Gürtel zu spüren bekommen. Sie kniet sich vor die Toilette und spannt alle Muskeln an.

»Du bist so heiß. Eigentlich müsste ich dich ficken.« Seine Zunge ist schwer, er lallt. Lauren schließt die Augen.

»Zieh alles aus. Ich will, dass du nackt bist.«

Lauren beißt sich auf die Unterlippe, bis sie Blut schmeckt und entkleidet sich. Dann klappt sie den Klodeckel runter und lehnt sich mit ihren Brüsten gegen das kalte Plastik.

»Hmm, streck deinen Arsch raus.« Das ist eine Kombination, die sie kaum ertragen kann. Alkohol und ... Drogen. Sie spürt das weiße Pulver nicht, hört nur das schniefende Geräusch, als er es von ihren Pobacken in seine Nase zieht.

»Ahhhh.« Lauren streckt den Rücken weiter durch und wartet.

»Du kleine Schlampe. Du weißt doch, dass ich

Senior Partner werden will. Mein Name auf dem Firmenschild, Visitenkarten, Briefpapier, selbst wenn man anruft, wird er genannt.«

Lauren schluckt. »Ja, das weiß ich. Und das hast du verdient.«

Er lacht und verstummt eine Sekunde später.

Jetzt. Sie weiß, wie er drauf ist, weiß ganz genau, wenn er sich reinsteigert.

»Warum hast du dich dann angestellt wie eine empörte Feministin, als Saylor dir an den Arsch gegrapscht hat?«

Doktor Vincent Saylor ist der Gründer der Kanzlei, der Mann, der die Senior Partner ernennt. Ein alter, ekelerregender Sack, der alles vögeln würde, wenn alles ihn ranlassen würde.

Lauren hat instinktiv gehandelt. Das war eindeutig ihre Schuld. Sie hat ihre Rolle nicht gespielt, Stevens Wünschen, Träumen nicht genug Beachtung geschenkt. Für einen Moment war sie wirklich sie selbst gewesen und hat dem Alten einen Klaps auf die Hand gegeben. Unverzeihlich. Ein grober Fehler, der ihrem Mann die Karriere kostet. Wie hatte sie nur so egoistisch handeln können?

»Es tut mir leid.« Sie wimmert und schmeckt die salzigen Tränen, die ihre Wangen runterlaufen. »Das wird nicht wieder vorkommen. Ich nehme meine Strafe an.«

Der Gürtel klatscht auf ihren Rücken, den brennenden Schmerz kennt sie schon. Sie muss nur durchhalten, bis sich die heiße Flüssigkeit auf ihren Po ergießt und sein Stöhnen und Keuchen endlich verstummt.

An diesen Tagen ist Lauren unendlich dankbar, dass Dean in Sicherheit bei einer Tagesmutter ist und niemals mitbekommen wird, was sein Vater seiner Mutter antut.

KAPITEL DREIUNDZWANZIG

Joshua schenkt dem Neuankömmling keine Beachtung. Als er Howard sieht, beginnt er direkt und ohne Umschweife zu berichten. Er scheint dabei weder auf seine Umwelt noch auf die Anwesenden zu achten, ist wie unter einer unsichtbaren Kuppel gefangen und jeder, der seinen Worten lauscht, hat einfach nur Glück, in seiner Nähe zu sein. Es ist aber jedes Mal so, dass niemand ihn unterbricht.

Seine Notizen sind vor ihm ausgebreitet, jeder stoppt seine Arbeit und konzentriert sich auf ihn. Meistens fängt er einfach an zu reden, so auch jetzt.

»Man wurde gebeten, für alle drei Fälle ein Profil und eines für einen möglichen unbekannten Täter zu erstellen.« Er blickt kurz auf, sieht aber niemand speziellen an, bevor er sich wieder seinen Notizen zuwendet. »Wenn man die Taten gemeinsam in einem Kontext betrachtet, hat man festgestellt, dass die drei Ehefrauen für die Gewaltverbrechen als Täterinnen nicht infrage kommen.« Er blickt wieder auf und sieht direkt Howard an, als wäre er die einzige Person im Raum, die ihm zuhört. Für Joshua Gardner ist es vermutlich auch so.

Joshua richtet seine Fliege und widmet seine Aufmerksamkeit wieder den Notizen. »Kenneth Parks hat am 24. Mai 1987 seine Schwiegermutter im Schlaf mit einem Küchenmesser erstochen. Er wurde verhaftet, als Täter festgestellt und zur Untersuchung in ein Schlaflabor eingewiesen. Das Gutachten bewies, dass er zur Tatzeit geschlafwandelt ist und unzurechnungsfähig war. Obwohl er eindeutig der Täter war, wurde er aufgrund dieses Gutachtens freigesprochen.« Joshua lässt die Worte einige Momente sacken. Dann richtet er sich noch gerader auf, als er ohnehin schon auf dem Stuhl sitzt. »Bei dem ersten Fall könnte man, obwohl man später noch einmal auf die Details eingehen wird, davon ausgehen, dass Adrian Mines ein ähnliches Schicksal erlitt wie Parks‹ Schwiegermutter. Auffällig hierbei ist aber, dass auf das Opfer vierzigmal eingestochen wurde – die erste Attacke war bereits tödlich – die Kinder spurlos verschwanden und sonst im Haus keinerlei Spuren zu finden waren.« Genau das hat Howard bereits für sich festgestellt.

Joshua atmet tief ein. »Man möchte gerne mit einer Statistik aufwarten. Somnambulismus, auch Schlafwandeln, Nachtwandeln, tritt bei ein bis zwei Prozent der Erwachsenen auf, wenn man von einer chronischen Erkrankung ausgeht. In etwa achtzig Prozent der Fälle verschwindet die Neigung bei

Kindern in der Pubertät. Bei Erwachsenen hat man nur wenige Fälle, einmalig oder ein paar Mal. Die REM-Schlaf-Verhaltensstörung allerdings, die während des REM-Schlafes auftritt, ist weitaus häufiger anzutreffen. Dabei kann es zu Eigen- oder Fremdgefährdung kommen, was beim herkömmlichen Schlafwandeln nicht vorkommt.« Joshua macht eine kurze Pause. »Sie tritt hauptsächlich in der zweiten Nachthälfte auf.« Jetzt blickt er auf, in seinen Augen ist ein Flackern zu sehen, eines, das verrät, dass gleich ein Geheimnis enthüllt wird. Als niemand etwas sagt, wendet er sich wieder seinen Notizen zu. »Die mutmaßlichen Täterinnen gingen zwischen neun und zehn Uhr zu Bett. Die Opfer wurden laut gerichtsmedizinischen Gutachten gegen elf Uhr getötet.« Er sieht wieder auf. Niemand sagt etwas. Joshua richtet erneut seine Fliege und seufzt leise. »Die mutmaßlichen Täterinnen befanden sich noch in der ersten Nachthälfte, als die Opfer getötet wurden.« Howard blickt kurz zu Cook und Steward. Diese Information hat er den Akten nicht entnommen. Cook runzelt die Stirn und nickt schließlich.

»Man ist zwar auf einige Fälle gestoßen, in denen Betroffene durchaus in der Lage sind, Kraft aufzuwenden und selbst Türen aus ihren Angeln heben konnten, aber Bewegungen und Laute weichen oft von der ansonsten beschriebenen Natur und Sprechweise ab. Das bedeutet, komplexe Bewegungen oder Handlungen sind eher ungenau.«

»Er will uns damit sagen, dass die Messerstiche

nicht von den Frauen beim Schlafwandeln ausgeführt worden sein können«, übersetzt Howard.

Joshua nickt und blättert sein Notizbuch um. »Das bedeutet, es ist eher unwahrscheinlich, dass jemand mit dem ersten Stich genauestens tödlich verletzt wird und der Schlafwandler weitere Male auf sein Opfer eingestochen hat«, sagt Joshua mit eigenen Worten.

Zumal es hier in diesem Fall um drei Familien geht, denkt Howard.

»Da wir alle davon ausgehen, dass es sich um einen Serientäter handelt, benötigen wir Ihr Profil.« Howard unterbricht Joshuas Bericht zu den Profilen über die Ehefrauen, da ihnen die Zeit davonläuft. Sie müssen sich jetzt aufs Wesentliche konzentrieren.

Joshua blättert im Notizblock, bis er stoppt und sich noch einmal aufrecht hinsetzt. Seine Hände legt er daneben, sodass er den Block zwischen ihnen hat.

Howard wettet, dass sie genau im selben Abstand dazu liegen.

»Man betrachtet die Fälle, in denen mehr als ein Mord zu unterschiedlichen Zeitpunkten begangen wurde, repetitive homicide. Er tötet, bis er gestoppt wird. Opfer und Täter sind einander fremd oder nur locker bekannt. Man geht in diesem Fall davon aus, dass der Täter Kontakt zu einem der Familienmitglieder hatte. Es gibt ein intrinsisches Motiv, das seinen Ursprung in der Persönlichkeit des Täters hat. Es ist nach der allgemeinen Definition ein Serienkiller, da er mindestens drei Menschen in einem gewissen zeitlichen Abstand mit ähnlichen Tathergängen getötet hat.

Der Täter geht planvoll vor, er personalisiert die Opfer, der Tatort zeigt kontrolliertes Verhalten. Er ist äußerst intelligent, mit einer hohen Sozialkompetenz, übt einen Beruf aus, wo er sich die Zeit einteilen kann oder als Aushilfe beschäftigt ist. Verhält sich möglichst unauffällig, sehr jung, ist zwischen achtzehn und fünfundzwanzig Jahre alt, man geht davon aus, dass er gepflegt ist, auf Frauen eine gewisse Anziehung ausübt, Männern gegenüber allerdings nicht konkurrenzfähig ist mit einer Mission. Die potenzielle Zielgruppe zeichnet sich durch ein oder mehrere Merkmale aus. Die Mission ist sein Motiv, der Hintergrund liegt in der Parasomnie.« Er streicht sich über die Fliege. »Man geht davon aus, dass die Frauen viele Monate im Voraus Kontakt zu dem Täter hatten.«

Genau aus diesem Grund ist es so wichtig, dass Lauren Riggs redet. Und wenn sie nicht reden will, führt sie sein Team vielleicht zum Täter, weil sie ganz genau weiß, was passiert ist und ihnen aus Angst nichts sagt. Die Aufgabe von Howards Team besteht darin, Riggs Vertrauen zu gewinnen, denn der Killer ist ganz bestimmt noch nicht fertig mit ihr. Welches Spiel auch immer er mit ihr spielen mag.

»Es wird nach einem Täter gesucht, der innerhalb der letzten drei oder sogar vier Jahre in drei Bundesstaaten akribisch genau nach seinen Opfern gesucht hat, sie stalkte, Kontakt zu den Müttern aufnahm und sie entweder unter Druck setzte, damit sie ihn nicht erwähnen, oder so unscheinbar blieb, dass sie ihn nicht als Bedrohung ansehen. Der Täter übt entweder einen

Beruf aus, in dem er auch an anderen Standorten seiner Arbeit nachgehen kann oder er nimmt eine neue Identität an.« Joshua runzelt die Stirn. »Aber man geht davon aus, dass er das Schema, mit dem er die Frauen kennenlernt, beibehält.«

Howard nickt und fasst kurz seine Theorie mit den Bibliotheken oder Internetcafés zusammen.

»Ja«, sagt Joshua und nickt. Alle im Raum blicken ihn an und warten, ob er noch etwas zu ergänzen hat. Doch er schweigt, packt seine Notizen zusammen, rückt den Stuhl nach hinten und steht auf. Ohne ein weiteres Wort zu verlieren, verlässt er den Raum. Howard weiß, dass er seine Notizen noch einmal durchgehen und später eventuell mit Thomas einzelne Details besprechen wird, um die Profile anzupassen.

Die ersten Anhaltspunkte sind zwar dürftig, aber mehr als sie vor einigen Stunden hatten. Was noch immer völlig unklar ist, ist das Motiv des Täters, das Howard mit einem Teil des Teams anhand aller vorliegenden Daten herausarbeiten muss. Selbst, wenn sie es nur ankratzen, weiß er aus Erfahrung, dass sie dem Täter so auf die Spur kommen werden.

KAPITEL VIERUNDZWANZIG

Zeit hat keine Bedeutung, Lauren weiß ohnehin nicht, wie spät es genau ist. Sie weiß nur, dass ihre Beine eingeschlafen sind, und als sie die Füße bewegt, geht ein Kribbeln durch ihre Waden und ihre Fußzehen verkrampfen sich. Als sie sich aufrichtet, schießt ein stechender Schmerz in ihren unteren Rücken. Sie legt das Buch zur Seite und blickt hoch zum kleinen Fenster, aus dem sie nicht schauen kann, und versucht, anhand des Lichts draußen die ungefähre Zeit abzuschätzen. Es ist noch nicht dunkel und sie hat nicht mitbekommen, ob Abendessenszeit ist. Draußen steht ein Mann, dessen Augen wachsam nach links und rechts wandern. Also passt noch immer jemand auf sie auf. Warum? Sie ist doch bereits eingesperrt. Als würde sie aus einem Gefängnis ausbrechen können. *Wofür halten die mich?*

Lauren nimmt das Buch und legt es sich auf die übergeschlagenen Beine. Sie hat viele Seiten gefüllt.

Es hat gutgetan, alles aufzuschreiben, sich an vieles zu erinnern, all das aus der Vogelperspektive zu betrachten. Auf jedes Blatt hat sie einen Strich auf der rechten oder linken Seite gemacht, und bevor sie eine neue Seite angefangen hat, kommentierte sie ihre Notizen, als hätte Lauren sie nicht hineingeschrieben, sondern als würde sie die Gedanken eines anderen hinterfragen. Sie blättert ein paar Seiten zurück.

Warum hat sie das getan?

Warum hat sie das zugelassen?

Einfach nur ein Fragezeichen oder Ausrufezeichen bei einem Abschnitt.

Mit einem tiefen Seufzen und tränenverschleierten Augen liest sie, was sie geschrieben hat, fühlt jeden Moment, in dem sie sich zu der Zeit befunden hat.

Lauren will sich nicht erinnern, ab wann sie den entscheidenden Fehler begangen hat, ab wann alles außer Kontrolle geriet, aber sie steuert auf diesen Tag zu, je mehr sie aufschreibt, je dichter sie dem Zeitpunkt kommt. Ist es überhaupt relevant?

Sie klappt das Buch zu, schließt die Augen, kneift sie zusammen, um die Tränen zurückzuhalten, aber sie rollen dennoch über die Wangen. »Ich glaube, es ist wichtig«, flüstert sie.

»Miss Riggs. Ihr Anwalt ist da.« Lauren hebt den Kopf, wischt die Tränen mit dem Handrücken vom Gesicht und sieht zur Zellentür. Tyler Lewis spricht mit ihrem Aufpasser, der in den Gang zurückgeht, und bleibt für einen Moment in der Tür stehen. »Geht es Ihnen gut?«

Lauren räuspert sich. »Ja, danke sehr.«

Tyler betritt die Zelle und bleibt vor ihrem Bett stehen, ohne sich umzusehen. »Sie haben das Schlimmste überstanden. Darf ich?« Er deutet auf einen Hocker, der an der Wand steht. Lauren nickt und streicht sich nervös durch die Haare. Wie schlimm sie aussehen muss. Rot verheulte Augen, ungewaschene, fettige Strähnen, ungeschminkt.

Tyler zieht den Hocker ans Bett und setzt sich darauf. Der Senffleck ist noch immer auf seiner Krawatte zu sehen. »Das FBI hat keinerlei zwingenden Beweise, dass Sie Ihren Mann getötet haben. Sie gehen davon aus, dass Ihre Familie Opfer eines möglichen Serientäters wurde.« Er beobachtet sie für eine kurzen Moment, spricht dann aber weiter. »Dennoch wird man Ihnen elektronische Fußfesseln anlegen, und Ihr Zuhause ist noch nicht freigegeben worden.« Er zuckt mit den Achseln.

»Einen Augenblick, bitte.« Lauren fährt sich durch die Haare und wirft die Beine über das Bett. »Ich verstehe das nicht. Wurde Dean gefunden?«

Er schüttelt den Kopf. »Leider nicht. Deshalb müssen Sie als Zeugin für Befragungen zur Verfügung stehen.«

»Aber, wenn ich nicht schuldig bin, warum dann die elektronischen Fußdinger?«

Tyler lehnt sich zurück und verschränkt die Hände auf seinem Schoß. »Sie stehen noch unter Verdacht,

Miss Riggs, aber ich habe erwirkt, dass Sie bis zur Klärung nicht ins Gefängnis müssen …« Er redet noch weiter, aber Lauren kann nicht mehr folgen, da sie die Vorgehensweise nicht nachvollziehen kann und sich auch nicht erinnert, jemals von so einem Fall gehört oder gelesen zu haben. Aber sie war durch Steven die vergangenen Jahre komplett von der Welt abgeschottet, womöglich haben sich einige Dinge geändert.

»… ich bin hier, weil ich ein paar persönliche Dinge aus dem Haus holen lassen kann. Sie müssen mir nur eine Liste erstellen und dann werden Ihnen die Fußfesseln angelegt, natürlich wird Ihnen alles erklärt …«

Was braucht sie? Dean! Sie will ihren Jungen wiederhaben. Im Kopf geht sie durch, was er ihr mitbringen soll, während er alles Weitere erklärt, von dem sie nichts mitbekommt.

»… haben Sie alles verstanden, Miss Riggs?«

Lauren blickt ihn lange an. »Was? Ja, sicher.«

Tyler legt eine Hand auf ihre. Sie ist warm, angenehm, nicht feucht. »Keine Sorge. Es wird alles gut.«

Was? Was wird gut? Dean wird gefunden, der Mörder ihres Mannes kommt ins Gefängnis, sie und ihr Sohn beginnen ein neues Leben? Irgendwo? Sie beißt sich auf die Unterlippe und nickt. Oder wird sie sich erinnern, wenn sie nicht mehr eingesperrt ist, dass sie Dean getötet hat? Ist sie überhaupt dazu fähig? Wenn sie tatsächlich Steven und ihren Sohn ermordet hat, warum lebt sie dann noch? Warum hat sie ihr Leben nicht auch beendet?

KAPITEL FÜNFUNDZWANZIG

Thomas Land ist ein erstklassiger IT-Analyst, der meistens allein in einem Haufen Datenheu die passende Nadel findet. In diesem Fall wird er von Agent Steward unterstützt, während sich Howard mit Rick, Kathlyn und Cooper in den Verhörraum zurückzieht. Rick baut das Whiteboard auf und setzt sich zu ihnen an den Tisch. Außer Cooper wissen alle, was jetzt kommen wird, daher erläutert Howard kurz seine Vorgehensweise.

»Jeder Gedanke, jede Idee, jedes Bauchgefühl, jede Theorie wird gemeinsam besprochen und auseinandergenommen. Nichts ist falsch oder unsinnig, selbst, wenn die Beweise, Spuren oder Fakten auf etwas anderes hindeuten.« Er richtet seinen Blick auf Cooper. »Ich möchte, dass du frei sprichst, Rachel, auch wenn du es für noch so irrsinnig hältst, okay?«

Cooper nickt und lächelt schließlich. »Finde ich irgendwie gut. Ungewöhnlich, aber gut.«

Rick streckt seine langen Beine aus und lehnt sich zurück. »Jo«, sagt er nur.

Howard öffnet den Block, greift nach einem Kugelschreiber und lehnt sich über das leere Blatt. »Dann legt mal los. Ich schlage vor, Cooper fängt an, da sie in die ersten beiden Fälle involviert war.«

Sie runzelt nachdenklich die Stirn. »Was nun? Das Tatmotiv oder was ich denke, was passiert ist?«

Kathlyn beugt sich vor. »Fang einfach an. Der Rest ergibt sich.« Sie lächelt Cooper aufmunternd zu, die nach einem Moment schließlich nickt.

»Ich habe immer die Schlafstörungen der Ehefrauen als wichtigstes Element für den Täter angesehen. Hierzu habe ich bereits die Datenbanken durchforstet, ob es in der Vergangenheit einen Fall gab, wo eine Frau ihren Mann im Schlaf getötet hat und das Kind verschwunden ist.«

Howard nickt und notiert einige Stichpunkte. Cooper zuckt mit den Schultern. »Leider habe ich nur den einen Fall gefunden, den Agent Gardner bereits erwähnt hat.« Sie atmet einmal tief ein und aus. »Der Fall hat leider keinerlei Ähnlichkeit mit unserem, selbst seine Kinder hätten kein derartiges Motiv, das zu unserem Täter passen könnte.« Cook seufzt.

Kathlyn zupft an ihrer Lippe. »Hm. Ich bin mir sicher, dass du die Datenbanken genau durchsucht hast, aber viele Fälle, gerade, wenn sie lange zurückliegen, wurden im Nachgang nicht digital eingepflegt. Ich finde deinen Ansatz logisch, es würde Sinn machen, hier landesweit zu recherchieren.«

Cook nickt. »Ja, aber wie weit will man gehen?« Sie hebt die Schultern.

»Es kann durchaus sein, dass eine ähnliche Tat, womit sein Motiv zusammenhängt, nicht einmal strafrechtlich verfolgt wurde, weil sie irgendwo auf einer Farm mitten im Nirgendwo stattgefunden hat. Das gibt es heute noch.« Rick blickt, während er redet auf das Whiteboard, als würde dort die Antwort auf ihre Fragen stehen. Genau aus diesem Grund sitzen sie hier zusammen. Damit sie diskutieren und aus aller Gedanken etwas herausfiltern, was sie dem Täter näherbringt.

»Das würde bedeuten, unser Täter wäre ein Waisenkind, ein Straßenkind, eines, das durchs System geschlüpft ist, wenn ein vergangenes Ereignis mit seinem Elternhaus zu tun hätte. Dem können wir nachgehen. Leider ist das keine heiße Spur, und wir sollten uns nicht damit beschäftigen, da ihr über ein solches Ereignis nichts herausgefunden habt. Gebt das an die Analysten weiter.« Howard klopft mit dem Kugelschreiber auf die Tischplatte.

»Oder ein Kind, das ins System kam, weil beide Elternteile starben. Niemand hat sich die Mühe gemacht, den Tod zu untersuchen. Es kann auch sein, dass das Kind nicht darüber gesprochen hat«, wirft Cooper ein.

Rick seufzt. »Dann haben wir immer noch das Problem, warum die Mordserie erst vor drei Jahren beginnt?«

»Es kann mehrere Gründe haben. Krankheit,

Gefängnisaufenthalt oder er hat sich plötzlich an seine Kindheit erinnert.« Cooper sieht nicht so aus, als würde sie wirklich an eine der Möglichkeiten glauben, aber sie scheint sich daran zu gewöhnen, einfach zu sagen, was sie denkt, sei es noch so weit hergeholt.

»Es könnte auch sein, dass seine Mutter noch gelebt hat und gestorben ist oder er vor ihrem Tod Kenntnis von allem bekommen hat, was in seiner Kindheit vorgefallen ist.« Kathlyn starrt auf die Tischplatte.

Howard nickt. »Wir sollten das vorerst hintenanstellen, damit wir vorankommen, aber nicht ganz verwerfen. Ich finde aber Cooks Gedanken nicht so weit hergeholt.«

»Also suchen wir nach einer Frau, die vor drei, vier Jahren gestorben ist und wo die Story irgendwie passt?« Rick schnaubt. Nicht, weil er die Idee nicht glaubt, sondern weil sie dann tatsächlich nach einer Nadel im Heuhaufen suchen. Der Täter muss nicht einmal eine besondere Verbindung zu den drei Bundesstaaten haben, wo er gemordet hat, er könnte auch aus Kalifornien oder Florida kommen. »Er muss irgendeine Verbindung zu den Orten haben. Vielleicht weil sein Vater beruflich dort zu tun hatte«, wirft Rick ein. Howard schüttelt den Kopf, obwohl er Stichpunkte dazu notiert. »Wieder eine weit hergeholte Theorie. Ich gebe es nachher dennoch an Thomas weiter, mit geringer Priorität.« Thomas ist ein Genie, wenn es um Recherche geht.

»Okay, Cook. Was ist deine Vermutung?« Howard blättert um.

Cook rutscht im Stuhl hin und her und blickt ihn schließlich entschlossen an.

»Die Frauen erinnern ihn an seine Mutter, die Männer an seinen Vater, die Söhne an sich selbst. Der Vater ist schon länger gestorben, vielleicht mittlerweile auch die Mutter. Ich gehe davon aus, dass die verschwundenen Kinder noch leben.« Sie senkt den Blick und verschränkt die Finger ineinander. »Die Mütter treibt er mit diesem perfiden Spiel in den Selbstmord oder … aber das ist wirklich sehr weit hergeholt.«

»Lass uns teilhaben«, sagt Howard und lächelt.

Sie schaut ihn an und verzieht die Lippen zu einem zögernden Lächeln. »Er will sehen, wie weit die Mütter gehen, um ihren Sohn zu retten.«

Kathlyn streicht eine Strähne hinter ihr Ohr. »Was meinst du damit?«

Cook rutscht wieder auf ihrem Stuhl herum. »Ich weiß es noch nicht.«

Rick beugt sich vor. »Ich glaube schon. Sag, was du glaubst.«

Sie winkt ab. »Keine Ahnung. Ich habe noch nicht darüber nachgedacht.« Sie leckt sich über die Lippen. »Wenn die Mutter unseres Täters seinen Vater im Schlaf getötet hat, und er ist währenddessen abgehauen, weil er Angst hatte oder keine Ahnung, was … wenn die Mutter ihn nie gesucht hat. Er vielleicht irgendwo Unterschlupf gesucht hat, wo er misshandelt wurde, vielleicht über mehrere Jahre. Was macht das mit einem Kind? Dachte er darüber nach, ob seine

Mutter ihn retten kommt, wenn er nur lange genug wartet?« Sie sieht jeden nacheinander an. Alle schweigen für einen Moment, lassen diese Gedanken sacken.

Howard tippt mit dem Kugelschreiber auf den Block und sieht zum Whiteboard. Cook hat diese Theorie nicht erst seit dem neuen Fall im Kopf, sie trägt sie schon länger mit sich herum und hat bereits dazu recherchiert. Dass sie noch immer keinen Täter, kein Motiv haben, zeigt ihm, dass sie keine handfesten Informationen gefunden hat. Howard ist sich aber sicher, dass sie gemeinsam dem Rätsel auf die Spur kommen werden.

KAPITEL SECHSUNDZWANZIG

EINIGE WOCHEN ZUVOR

Wenn sie sich bückt oder nach einer Schale im Schrank in der Küche greift, spürt sie den Schmerz auf ihrem Rücken und das Blut, das sich aus der heilenden Kruste auf den Wunden löst und sich mit ihrer Bluse verbindet. Manchmal verdrängt Lauren, was passiert ist, aber ihr Körper erinnert sie jeden Tag daran. Steven bestraft sie nicht, wenn die Striemen noch so frisch sind, dass sie bluten, aber sie weiß ganz genau, dass es nur eine Frage der Zeit ist, bis sie den Gürtel erneut zu spüren bekommt.

Er verzichtet auf Sex, wenn sie ihre Periode hat, aber spätestens nach fünf oder sechs Tagen fordert er den Akt ein, egal, ob sie will oder nicht. Es dauert auch nicht lange. Aber sie hat mitzuspielen. Nicht zu laut stöhnen, nicht zu kehlig, leise, gurrend muss sie unter ihm oder auf allen vieren mit durchgedrückten Rücken seine Stöße entgegennehmen und ihre Bewegungen den seinen anpassen. Steven fragt nie, ob es ihr gefallen hat, er nimmt sie nicht in den Arm, küsst sie und schläft mit ihr ein, nein, das macht er nur, wenn er sie bestraft. Wortlos verlässt er das Zimmer und kommt erst ins Bett, wenn sie bereits im Tiefschlaf ist. So paradox es auch ist, sie wartet manchmal auf seine nächste Bestrafung, um anschließend seine Arme, Küsse und den warmen Körper hinter ihrem zu spüren, wenn sie langsam wegdämmert. Lauren hat – nicht sehr oft – eine Bestrafung mit Absicht herbeigeführt.

Sie könnte mit jemandem darüber sprechen, sich verarzten lassen, zur Polizei gehen, sich helfen lassen, doch immer, wenn sie darüber nachdenkt, kommt direkt danach Ungewissheit, was sie ohne Steven machen sollte. Er ist ihre Welt, ohne ihn würde sie nicht überleben. Steven hat sie gerettet vom ersten Moment an, in dem sie sich begegnet sind. In der Anwaltskanzlei, in der sie Dokumente aus dem Archiv abgetippt hatte, Schriftstücke zu den Fällen, die er bearbeitet. Mehr durfte sie nicht. Sie war nichts, ein Niemand, nicht einmal eine Assistentin, oder Gehilfin. Die graue Maus, die im Archiv arbeitete, gelegentlich mal etwas für ihn abtippen musste, mehr nicht. Aus der Ferne hat sie ihn angehimmelt, sich vorgestellt, er würde in seinem langen, schwarzen Kaschmirmantel zu ihr ins dunkle Archiv kommen und niederknien, um ihr seine bedingungslose Liebe zu beichten. Er wusste nicht einmal, wie sie hieß. Wenn er sie alle paar Wochen mal in sein Büro bat, weil er etwas aus dem

Archiv brauchte, stammelte sie vor sich hin und sah zu ihm, er hinter seinem imposanten Schreibtisch, und er hob nicht einmal den Kopf, um sie anzusehen.

Aber eines Abends – sie sollte Akten in das Computersystem übertragen – kam er spät noch einmal ins Büro. Er hatte getrunken, sein Team einen wichtigen Fall gewonnen. Da hatte er sie bemerkt. Er war angeheitert, redete allerdings wie ein Wasserfall auf sie ein – schniefte alle paar Minuten etwas von seinem Schreibtisch – und bat sie, bei ihm zu bleiben, um ihm zuzuhören. Lauren hat nicht ein Wort verstanden, er redete zusammenhanglos, aber sie saß artig auf dem Stuhl vor ihm und lauschte seinen Erzählungen. Von diesem Zeitpunkt an ging dieses Spiel alle paar Wochen so, und irgendwann schob er sie zur Sitzecke, knöpfte ihre Bluse auf und schlief mit ihr. Lauren war noch Jungfrau, sie hatte keine Ahnung, dass Sex so schmerzhaft, so schnell, so unromantisch war, aber für wenige Minuten hat er ganz ihrem Körper gehört. Dann hat sie ein paar Wochen als Assistentin für ihn gearbeitet und irgendwann fragte er, ob sie seine Frau werden will. Auch ganz unromantisch, sehr nüchtern. Und Lauren wollte.

Es ist alles richtig, wie es ist, das weiß sie, das glaubt sie und das ist ihre Realität. Warum sollte sie also wegen ein paar Striemen auf dem Rücken oder den Oberschenkeln zum Arzt gehen? Sie versorgt die Wunden, und nach ein paar Tagen ist der Schmerz fort. Wieso also zur Polizei gehen, mit irgendjemandem darüber sprechen, wo sie ohnehin niemanden kennt, dem sie davon berichten könnte?

Was in einer Familie geschieht, hat niemanden zu interessieren. So ist es doch. Und sie will nicht, dass jemand ihr die Familie wegnimmt und alles kaputt macht. Im Grunde ist sie glücklich. Oder?

KAPITEL SIEBENUNDZWANZIG

Lauren hat nicht damit gerechnet, dass es so schnell geht. Das Abendessen hat sie versäumt, was nicht dramatisch ist, weil sie ohnehin keine Lust auf andere Insassinnen hat und erst recht keinen Hunger verspürt. In ihrem Buch ist sie schon ziemlich weit gekommen. Aber noch immer sträubt sie sich davor, alle Episoden der vergangenen Monate, diese wichtigen Momente einzufügen. Die, die wichtig sein könnten. Lauren lässt sie weg, schiebt jeden Gedanken daran zur Seite.

Draußen ist kein Tageslicht mehr zu sehen, und ihre Augen tränen und jucken, weil die Luft viel zu trocken ist und sie seit Stunden Blatt um Blatt beschreibt.

Lauren will schlafen, die Augen schließen und für die Nacht in einem Traum vergessen, was passiert ist, doch sie wird von Tyler Lewis abgeholt. Wieder einmal schaut sie aus der Vogelperspektive zu und folgt dem schmuddeligen Anwalt aus ihrer Zelle hinaus in den Flur, durch Türen in einen Raum mit zwei Stühlen und einem Tisch. Auf dem Boden steht eine Reisetasche. Lauren presst das Buch an ihre Brust, bleibt stehen und starrt auf die Tasche.

»Sie können sich umziehen, Miss Riggs. In der Tasche finden Sie Ihre Kleidung. Schuhe sind in der Plastiktüte obenauf. Ich warte draußen.« Er steht hinter ihr und nach einer Weile hört sie ein Räuspern. »Alles in Ordnung?«

»Ich ... ja ... danke sehr.« Lauren dreht sich nicht um. Kurz darauf hört sie, wie sich die Tür schließt. Mechanisch legt sie das Buch auf den Tisch, kniet sich neben die Tasche und öffnet den Reißverschluss. In einer Tüte liegen Turnschuhe, die sie nie getragen hat, weil Steven nicht darauf steht. Trotzdem hat er sie ihr gekauft, damit alle Besucher sehen, dass sie sportlich ist. Der Jogginganzug, ebenfalls nie getragen, liegt zusammengefaltet darunter, über dem Rock, den Blusen, der Unterwäsche. Ihr Gesicht wird heiß, als sie darüber nachdenkt, dass Tyler Lewis ihre Wäsche berührt hat. In einer weiteren Tüte hat er ihre Pumps eingepackt, die sie aber jetzt nicht tragen wird. Am Boden liegen Deans Dinobuch und eine kleine Kuscheldecke, ohne die er nicht schlafen kann. Einen Zipfel hat er sich in den Mund gesteckt, seinen Zeigefinger über die Nase gelegt und ist eingeschlafen. Diese Decke durfte Lauren nie vergessen, wenn sie mit ihm zum Einkaufen, zum Arzt oder in den Park fuhr. Tränen rollen über ihre Wangen, als sie den Stoff an ihre Wange legt und ihre Nase darin vergräbt. Was macht Dean ohne seine Kuscheldecke?

»Wo bist du, mein Schatz?«, flüstert sie in die weiche Wolle und steht schließlich auf, um sich umzuziehen, die Tasche wieder zu packen. Das Notizbuch legt sie obendrauf, schließt die Reißverschlüsse und öffnet die Tür, nicht ohne vorher die Tränen aus dem Gesicht zu wischen. Lewis wartet auf dem Flur und sieht sie mit sanftem Blick an. »Bereit?«

Lauren nickt tapfer und streckt die Schultern nach hinten. »Sie sind der Boss.« Für eine Sekunde flackern seine Augen, er zieht die Augenbrauen hoch und lächelt schließlich.

KAPITEL ACHTUNDZWANZIG

Als Lauren Riggs mit ihrem Anwalt Tyler Lewis eintrifft, ist es bereits spät am Abend, aber diese Tatsache hindert niemanden in Howards Team daran, an dem Fall zu arbeiten. Zeit ist etwas, das sie momentan nicht haben.

Jedes Kleidungsstück wurde bereits durch Thomas mit einem GPS-Sender ausgestattet, auch wenn sie besprochen hatten, dass Lewis das tun sollte. Die Technik gibt der Techniker eben nicht gerne aus der Hand, und Lewis hat es nicht hinterfragt.

Durch die elektronischen Fußfesseln wird Lauren Riggs deutlich signalisiert, dass jeder Schritt überwacht wird. Üblicherweise werden die Geräte nach der Anhörung vor Gericht von einem Polizisten angelegt. Howard geht davon aus, dass Lauren von der genauen Vorgehensweise keine Ahnung hat und schickt Kathlyn mit Thomas in den Verhörraum, wo er sie durch das verspiegelte Glas beobachtet und zuhört.

Lauren wirkt sehr müde, auch wenn sie versucht, sich ihre Erschöpfung nicht anmerken zu lassen, ihre Augen verraten sie. Vermutlich wird sie nicht einmal genau wissen, was sie als Nächstes tun soll. Sie scheint aufmerksam zuzuhören, was Kathlyn sagt, wie sie jeden Schritt erklärt, aber ihr Blick geht ins Leere, wenn sie mechanisch nickt. Die ganze Prozedur lässt sie wortlos über sich ergehen, selbst als Thomas das Hosenbein hochschiebt und die Fußfessel anlegt, sagt sie kein Wort oder zuckt zusammen. Howard hat den Eindruck, dass sie hoffnungslos mit der Situation überfordert ist, aber ihre Rolle weiterspielen muss. Wenn sie Pech haben, wird der ganze Plan nach hinten losgehen, weil Lauren einfach nichts tun wird. Weil sie es so gewohnt ist.

Howard spannt die Muskeln an. Für ihn ist im Moment nur wichtig, das Kind lebend zu finden. Ja, es ist ein riskantes Experiment. Alles deutet aber darauf hin, dass jemand ein perfides Spiel spielt, und es ist an Howards Team, diesem ein Ende zu bereiten.

Tyler Lewis fasst noch einmal die Infos zu den elektronischen Fußfesseln zusammen und erklärt, dass er sie in ein Hotel bringen wird, wo er in einem Nachbarzimmer auf sie aufpasst. Als Thomas den Raum verlässt und zu Howard stößt, seufzt Lauren leise und beugt sich schließlich vor, um mit Kathlyn zu sprechen. Howard hebt eine Hand und konzentriert sich auf die drei Personen am Tisch.

»Haben Sie meinen Sohn gefunden?«

Kathlyn nimmt Laurens Hand in ihre. »Die besten

Ermittler suchen nach Dean, Miss Riggs.« Sie beugt sich vor. »Wir werden ihn finden.«

Lauren schluckt und nickt schließlich.

»Sie hat keine Fragen gestellt«, sagt Thomas nach einer Weile. Lauren verlässt den Raum mit ihrem Anwalt, und Kathlyn sieht ihnen kurz nach.

»Nur nach ihrem Sohn«, murmelt Howard.

»Es ist jedenfalls alles sehr mysteriös.« Thomas zuckt mit den Schultern.

»Einfach kann jeder. Rick und Steward sind in Position?«

Thomas nickt.

Howard massiert seinen Nacken und bedeutet Thomas mit einer Handbewegung, dass er für einen Moment allein sein möchte. Seit man ihm einen Tumor aus dem Gehirn entfernt hat, ist es ihm möglich, schwierige Zusammenhänge zu erkennen und diese miteinander zu verknüpfen. Da es ihm in einem solchen Denkprozess schwerfällt, sich zu konzentrieren, wenn sich mehrere Leute im Raum befinden, sucht er immer öfter den Moment, um einen Augenblick allein zu sein. Nicht einmal Kathlyn weiß davon. Howard versteht sich selbst nicht, warum er nicht mit seiner Frau darüber spricht. Sie würde sich Sorgen machen, davon ist er überzeugt. Würde glauben, der Tumor würde wachsen, der Krebs käme zurück. Aber er braucht diese besondere Fähigkeit gerade in diesem Fall. Immerhin geht es um ein verschwundenes Kind. Bislang hat sich noch niemand gewundert, geschweige denn, dass es jemandem aufgefallen wäre. Vor einem

Jahr hätte Howard noch gesagt, es ist ein Bauchgefühl, aber jetzt ist es nicht mehr nur noch ein Instinkt. Es ist, als würden sich die wichtigen Fakten vor seinem inneren Auge entblättern, sortieren und in rasender Geschwindigkeit zusammensetzen.

Selbst, wenn alles, was er am Ende als Ergebnis vor sich sieht, nur eine lächerliche Idee wäre, muss er dem nachgehen und testen, ob sie zum Ziel führt. Er wird es wenigstens Kathlyn sagen müssen. Irgendwann.

Lauren Riggs ist ein Opfer, keine Täterin. Sie hat ihren Mann nicht umgebracht und anschließend ihren Sohn versteckt. Sie ist stärker, als sie von sich glaubt, und Howard ist sich sicher, dass diese Frau maßgeblich daran beteiligt sein wird, den wahren Täter zu fassen.

Nichtsdestotrotz müssen sie sich aufteilen und die üblichen Möglichkeiten ausschöpfen.

Es wird eine lange Nacht werden und Howard kann sich darauf verlassen, dass sein Team unter Hochdruck arbeiten wird.

Als Howard die Tür zum Meetingraum öffnen will, hechtet Joshua auf ihn zu, zupft an der Fliege herum und schlängelt sich an ihm vorbei, um ihm den Weg zu versperren. Er räuspert sich und sieht sich um, als wäre Joshua ein Spion mit wichtigen Informationen, die niemand sonst hören darf.

Howard tritt einen Schritt zurück. »Sollen wir woanders sprechen?«

Joshua neigt den Kopf, streicht sich durch die

Haare und streckt die Schultern nach hinten. Dann schüttelt er den Kopf. »Man möchte das Profil erweitern.« Er blickt Howard mit großen Augen an und nickt ihm schließlich zu.

Joshua blickt wieder nach links und rechts. »Man geht davon aus, dass der Täter zwischen dreißig und vierzig Jahre alt ist. Ein Ereignis hat einen Schub ausgelöst«, er runzelt die Stirn, »Tod der Mutter oder des Vaters. Vielleicht war der Täter im Gefängnis oder in einer Nervenheilanstalt.« Joshua holt Luft und blickt für einen Moment nach oben, um seine Gedanken zu sortieren. »Der Täter will Kontrolle, Dominanz, austesten, wie weit er gehen kann. Der zentrale Auslöser ist die unbehandelte Parasomnie. REM-Schlaf-Verhaltensstörungen werden mit dem Medikament Clonazepam, einem Benzodiazepin behandelt. Das ist ein Angstlöser«, fügt er rasch hinzu, als er Howards fragenden Blick bemerkt.

Trotz seiner Ungeduld wartet Howard auf weitere Informationen, denn die hat Joshua, sonst würde er es nicht ansprechen, wäre es unwichtig.

»Das Medikament wurde bei keiner der Frauen nachgewiesen oder im Haushalt sichergestellt, vermutlich, weil niemand darauf getestet hat. Man hat die Berichte gründlich studiert.« Howard verkneift es sich, zu hinterfragen, warum die Frauen ausgerechnet dieses Medikament hätten einnehmen sollen. Da sie nicht in Behandlung waren, hätten sie davon nicht einmal etwas gewusst. Wie er Joshua kennt, wird er etwas gefunden haben, worauf niemand geachtet hatte.

»Bei Lauren Riggs wurde eine Kapsel unter dem Bett gefunden. Vermutlich ist sie ihr aus dem Döschen gefallen, und sie hat es nicht bemerkt. Die Spurensicherung hat unter den üblichen Medikamenten im Badezimmerschrank keine passende Dose gefunden.«

»Lassen Sie mich raten. Auch an den anderen Tatorten wurde dieses Medikament sichergestellt?«

Joshua nickt. »Keine Verpackungen.«

»Es ist sicherlich nicht rezeptfrei zu bekommen.«

Joshua schüttelt den Kopf. Da Howard davon ausgeht, dass Joshua geprüft hat, ob die gefundenen Kapseln denen des Originalmedikaments gleichen, hinterfragt er diese Tatsache nicht.

»Wenn sonst nichts ist, Sir, würde man weitere Informationen sammeln.« Joshua vermutet offensichtlich, dass Howard die neugewonnenen Fakten dazu nutzt, um einen möglichen Verdächtigen weiter einzukreisen, denn er geht den Flur entlang zu dem Büro, das ihm zur Verfügung gestellt wurde.

KAPITEL NEUNUNDZWANZIG

Es ist schon so spät – normalerweise ist Lauren um diese Uhrzeit fertig mit dem Vorlesen und Dean schläft – sie wäre längst im Bett in dem Wissen, dass Steven sie in Ruhe lässt, ihre zwanzig Minuten mit sich selbst. Die letzten Tage sind aber außerhalb ihrer gewohnten Routine verlaufen, Gefängnis, Befragungen, die Unwissenheit, was überhaupt passiert ist, all das konnte Lauren nicht verarbeiten, sie hat nur reagiert.

Jetzt starrt sie auf die blinkende Fußfessel, sitzt auf einem fremden Bett, das Licht in dem Zimmer hat sie ausgeschaltet. Wenn sie aus dem Fenster sieht, liegt unter ihr eine Stadt, die ihr vollkommen fremd ist, da sie in den vergangen zehn Jahren ihren Radius nicht verlassen hat. Die Tasche hat sie nicht ausgepackt, nicht einmal das Badezimmer hat sie betreten. Zwischen ihren Fingern liegt Deans Decke. Hätte sie ihn irgendwo hingebracht, hätte sie ihm ganz bestimmt die Decke gelassen, so herzlos ist sie nicht. Woher aber soll Lauren wissen, was sie wirklich getan hat?

Seit sie denken kann, schlafwandelt sie. Dabei hat sie sich schon die Knie aufgeschürft, einmal sogar einen Nagel in den Fuß gerammt, eine Tür ausgehebelt, immer wieder ist sie morgens mit blauen Flecken aufgewacht und jede Erinnerung daran fehlt, sie kann sich noch so sehr anstrengen, es ist wie ausradiert, als wäre es jemand ganz anderem passiert. Wie in dieser Nacht, in der sie Steven angeblich umgebracht und irgendetwas mit ihrem Sohn getan hat.

Lauren hat sich die ganze Zeit gewehrt, länger darüber nachzudenken, sich fallenzulassen, um sich vielleicht doch an alles zu erinnern. Aber jetzt ist sie allein, sie könnte sich hingeben, loslassen, der Welt von außen gestatten, in sie hineinzuschauen, sich es selbst erlauben. Egal, wie schmerzhaft es ist. Fast als würde man auf einem Zehn-Meter-Sprungturm stehen, hinabschauen in das blaue Wasser und springen.

Einfach loslassen.

Nein, nein, nein.

Es klappt nicht. Laurens Verstand lässt es nicht zu. Entweder, weil sie tatsächlich etwas wirklich Schlimmes gemacht hat oder weil sie überhaupt nichts damit zu tun hat. Aber warum? Wieso sollte ihr jemand etwas Derartiges antun wollen? Und was weiß das FBI darüber? Sie wurde freigelassen, also gibt es keinen dringenden Tatverdacht gegen sie, aber etwas müssen sie in der Hand haben, sonst trüge sie keine Fußfessel. Es ist alles so verwirrend. Lauren ist auf sich allein gestellt, niemand trifft mehr für sie Entscheidungen oder nimmt ihr Leben in die Hand.

Sie hat das Gefühl, ein großes, schwarzes Monster sei in ihrem Körper, das von ihr Besitz ergreifen will, sie auffressen und zerstören. Es will, dass sie aufgibt. Aber sie muss sich wehren, wird kämpfen, denn Dean, wo immer er ist, braucht sie. Und eine Mutter fühlt, wenn ihr Kind noch am Leben ist. Das spürt Lauren, während sie gegen das schwarze Monster kämpft.

Ihre Fingernägel haben sich in ihre Hand gebohrt, und erst als Lauren die Decke loslässt, spürt sie den ziehenden Schmerz, den der Nagel als Druckpunkt hinterlassen hat. Die blinkenden Leuchtdioden in ihrer Fußfessel holen sie auf den Boden der Tatsachen zurück. Darf sie damit duschen? Bestimmt hat man es ihr erklärt, aber sie hat überhaupt nicht zugehört. Sie weiß nur noch, dass die Fessel nicht zerstört werden darf, sonst wird ein Alarm ausgelöst. Dann wird das Teil wohl wasserdicht sein. Eine heiße Dusche wird ihr helfen, sich wieder als Mensch zu fühlen, mit hoffentlich rationalen Gedanken, wie sie diesen Albtraum übersteht.

Ein Geräusch reißt sie jäh aus ihren Überlegungen. Das ist nicht möglich. Jegliche Möglichkeit zur Kommunikation wurde ihr fortgenommen. Und doch hört sie ein Brummen, begleitet von einem leisen Klingelton. Lauren springt vom Bett und leert die Tasche aus, aber es kommt nicht daher. Ganz still, schwer atmend neigt sie den Kopf, dreht sich herum und geht zum Badezimmer. Hier wird das Geräusch etwas lauter, klingt aber weiterhin so, als käme es von ganz weit weg. Sie öffnet den kleinen Schrank unter dem Waschtisch, aber er ist leer. Dann schüttelt sie die Handtücher auf dem Wannenrand aus und dann hört es auf. Vermutlich kam es aus dem Nachbarzimmer. Wer soll sie auch anrufen?

»Du bist so dumm, Lauren.« Sie geht zurück ins Zimmer und wühlt unter ihren Klamotten nach der Kosmetiktasche, als es erneut klingelt. Eindeutig, es kommt aus dem Badezimmer. Lauren atmet flach, als sie es erneut betritt, und geht auf die Toilette zu. Das Klingeln kommt von dort. Auf einem Regal steht eine Kosmetikbox aus einem Holzimitat. Sie nimmt die Box in die Hand und öffnet den Deckel, holt die Packung Tücher heraus und findet am Boden ein Handy. Auf dem Display steht unbekannter Anrufer, eine Telefonnummer wird nicht angezeigt. In ihrer Hand brummt das Gerät und leuchtet bei jedem Klingeln grün auf. Lauren starrt es an, als wäre es ein Artefakt aus einer anderen Welt. Irgendjemand hat es dort platziert. Für sie? Ohne weiter darüber nachzudenken, nimmt sie das Gespräch an.

KAPITEL DREISSIG

Während Howard mit Joshua auf dem Flur stand, hat sein Team einen ersten Verdächtigen herausgefiltert, der in der nächsten halben Stunde zur Befragung hergebracht wird. Cook fasst die Ergebnisse auf der Pinnwand zusammen. Kathlyn schiebt ihm die Akte über den Tisch.

Howard wirft einen kurzen Blick auf das Foto, auf dem der typische Durchschnittsamerikaner zu sehen ist. Braunes, kurz geschnittenes Haar, braune Augen, breites Gesicht, schmale Lippen. Jemand, an den man sich nicht erinnert, der in der Menge untergeht.

»Wesley Jones, einundvierzig, ledig, geboren in Utah, eine Vorstrafe wegen Kneipenschlägerei, seitdem ist die Akte sauber. Er hätte angeblich seine damalige Freundin verteidigt. Sein BWL-Studium hat er abgebrochen und sein erstes Internetcafé vor elf Jahren in Kansas eröffnet. Darauf folgten weitere Cafés, und relativ schnell ist daraus eine gut laufende

Kette mit Franchiseunternehmen entstanden. Das Konzept beinhaltet allerdings nicht nur die Möglichkeit, im Internet zu surfen, weil jeder mittlerweile zu Hause einen Computer, Laptop, Tablet oder Handy hat. Die Idee dahinter ist, dass sich Singles über ein Programm auf den Rechnern kennenlernen, und, wenn es passt, direkt treffen. Einmal im Monat werden Partys veranstaltet, mit Musik, Getränken und Snacks. Vor zwei Jahren öffnete er eine Niederlassung in Oklahoma, vor einem in Illinois, und vor einigen Wochen hier in Detroit. Er war demnach zu den Tatzeiten in den jeweiligen Staaten und hätte die Möglichkeit gehabt, mit den Opfern in Kontakt zu treten, denn die Tatorte befinden sich innerhalb des geografischen Profils der Frauen.« Cook holt tief Luft und räuspert sich. »Der entscheidende Punkt ist, dass sich seine jüngere Schwester vor drei Jahren das Leben nahm. Sie litt unter einer REM-Schlaf-Verhaltensstörung.«

»Mhm. Und er hat sich einfach so bereiterklärt, mit uns zu sprechen?« Howard neigt den Kopf zur Seite und blickt ins Leere.

Bevor Cook etwas darauf erwidern kann, ergreift Kathlyn das Wort. »Wir hatten bereits mit unzähligen Serienkillern zu tun. Aus eigener Erfahrung kann ich bestätigen, dass darunter auch solche waren, die eng mit uns zusammengearbeitet haben, nur um uns an der Nase herumzuführen. Sie gehen davon aus, dass niemand in der Lage ist, sie zu schnappen, weil sie sich für zu klug halten, uns überlegen und es ihnen Freude bereitet, ihre Verfolger in die Irre zu führen.«

»Da gebe ich dir recht, aber irgendetwas sagt mir, dass es in diesem Fall nicht so ist.«

»Serientäter erweitern ihre Vorgehensweise. Nur, weil unser Täter sich bislang nicht bemerkbar gemacht hat, heißt das noch nicht, dass er dazu nicht fähig wäre. Vielleicht sucht er jetzt diesen ganz besonderen Kick, weil es ihm nicht mehr ausreicht, im Verborgenen zu morden.« Cook sieht auf die Uhr. »Er müsste jeden Moment ankommen.«

Howard nickt ihr zu. »Wir befragen ihn zusammen. Kathlyn und Thomas, sucht nach weiteren Verbindungen.«

Sie lassen Wesley Jones im Verhörraum warten, während Cook, Howard und Joshua ihn durch das Fenster im Nebenzimmer beobachten. Über Funk ist Howard mit Joshua verbunden, der sich mit den technischen Geräten zur Überwachung vertraut macht, als müsste er sich mit ihnen anfreunden, bevor er mit ihnen arbeitet. Ein frischer Notizblock liegt vor ihm, der Kugelschreiber ordentlich und vermutlich in einem genauen Abstand von fünf bis sechs Zentimetern davon entfernt.

Jones wirkt angespannt, neugierig, auch etwas verwirrt. Howard weiß, dass dieser Eindruck täuschen kann. Sollte dieser Mann tatsächlich ihr Täter sein, wird er sich bereits auf diese Situation vorbereitet haben, sich womöglich auf diese Befragung freuen. Für eine Verhaftung fehlen ihnen momentan die Beweise, und sicherlich wird er ihnen den Gefallen nicht tun und ein Geständnis ablegen.

Schließlich betreten Cook und Howard den Raum und setzen sich Jones gegenüber. Howard legt die Akte auf den Tisch und lehnt sich zurück, die Arme verschränkt, Jones fest im Blick, der aber ganz automatisch zu Cook sieht.

»Vielen Dank, dass Sie sich die Zeit genommen haben, Mister Jones«, beginnt sie mit freundlich klingender Stimme.

Der lächelt gekünstelt. »Nun ja, wenn das FBI vor der Tür steht, bleibt einem wohl nichts anderes übrig, oder?« Seine Stimme klingt belegt, aber er räuspert sich nicht.

Cook geht nicht auf seine Frage ein. Sie zieht die Akte zu sich, öffnet sie und blickt einen Moment hinein. Jones rutscht unruhig auf dem Stuhl hin und her. Schließlich legt sie die drei Fotos der Frauen vor ihn. Jones streicht sich durch die Haare und sieht sich die Bilder nacheinander an.

»Erkennen Sie eine der Frauen?«

Er kaut auf seiner Lippe herum und beugt sich tiefer zu den Bildern. »Nee, ich glaube nicht.« Als er wieder aufschaut, wirkt er sichtlich erleichtert. Howard fragt die Tatzeiten ab, für die Jones allerdings Alibis vorweist. »Wir werden Ihre Angaben überprüfen, Mister Jones.«

»Er ist es nicht.« Joshuas Stimme klingt leise, als wolle er nicht, dass ihn jemand anders als Howard hört. »Laut Mikroexpression hat der Mann keinerlei

Erkenntnis gezeigt.« Howard muss sich nicht vergewissern, ob Jones vielleicht einfach nur Spielchen spielt, Joshua ist ein erfahrener Profiler, der Jones die ganze Zeit beobachtet hat, um Referenzen zu sammeln, die ihn zu seiner endgültigen Bewertung geführt haben. Allerdings müssen sie dennoch die Alibis prüfen.

»Haben Sie einen Geschäftspartner, Mister Jones?« Howard legt die Hände nun auf den Tisch.

Verwirrt blickt Jones ihn an. »Natürlich. Mehrere. Durch das Franchising ist sozusagen jeder Geschäftsführer mein Partner.« Er geht automatisch davon aus, dass sie eine Akte über ihn angelegt haben, woraus sie die Informationen seiner Geschäftsidee haben.

Howard lächelt. »Natürlich. Aber arbeiten Sie mit jemandem zusammen, der Sie bei Ihren Eröffnungen immer unterstützt? Oder erst vor zwei Jahren in Ihr Unternehmen eingestiegen ist?«

Jones überlegt nicht. »Nee. Ich suche die Lage, das Geschäft, kümmere mich um einen Geschäftsführer und begleite das Projekt noch so zwei oder drei Monate.« Er lacht. »Normalerweise läuft es dann von allein, ansonsten habe ich einen miesen Partner engagiert.«

»Er ist es nicht, Sir.« Joshua spricht sogar noch leiser.

Howard nickt. Dennoch ist der Zufall einfach zu groß, dass Jones‹ Schwester an der REM-Schlafstörung gelitten hat. Der Täter hat also eine falsche Spur gelegt, Jones gezielt ausgewählt als Sündenbock und womöglich irgendwann sogar Kontakt zu ihm gehabt, wobei Howard nicht davon ausgeht, denn der Täter scheint ausgesprochen geplant vorgegangen zu sein.

»Wir brauchen alle Mitarbeiterdaten und Informationen über die jeweiligen Geschäftsführer, Mister Jones.« Howard hofft auf Jones‹ Kooperation, da ein Beschluss immer mit viel Aufwand und Zeit verbunden ist.

Ohne auf Details einzugehen, erklärt Cook, dass es um ein vermisstes Kind geht. Jones nickt. »Natürlich.«

Howard überlässt Cook das abschließende Gespräch und verlässt den Raum. Ein internes Analystenteam in Washington wird sich um die Daten und Befragungen kümmern und es ihn und sein Team wissen lassen, wenn brauchbare Informationen für den Fall dabei herauskommen. Howard geht aber davon aus, dass sich nichts ergeben wird. Es ist nur ein Bauchgefühl, aber er glaubt, der Täter hat sie absichtlich auf die falsche Fährte gelockt. Also muss er die Möglichkeiten gehabt haben, an derartige Informationen heranzukommen.

Howard geht zurück in den Befragungsraum und setzt sich wieder an den Tisch, da ihm noch einige wichtige Ungereimtheiten eingefallen sind.

Cook unterbricht ihren Satz, und Jones blickt ihn verwirrt an.

»Wer wusste von der Erkrankung Ihrer Schwester, Mister Jones?«

Jones senkt die Lider und verkrampft die Finger ineinander. »Was meinen Sie, Sir?«

»Ihre Schwester litt an einer seltenen Schlafstörung und hat sich vor drei Jahren das Leben genommen.«

Jones schüttelt verwirrt den Kopf. »Was hat das mit diesem verschwundenen Kind zu tun? Und den Bildern der Frauen, die Sie mir gezeigt haben?«

Howard beugt sich vor. »Ein Jahr nach dem Tod Ihrer Schwester wurde in Oklahoma der Ehemann dieser Frau brutal ermordet, und ihr Kind verschwand spurlos.« Er tippt auf das Foto von Vanessa Mines.

Jones‹ Augen weiten sich, als Howard mit Alexandra Wise und Lauren Riggs fortfährt.

»Aber ... das verstehe ich nicht. Ich habe nichts damit zu tun. Ich kenne diese Frauen nicht mal.« Er leckt sich über die Lippen. »Da will mir jemand was anhängen. Und überhaupt, was hat das mit meiner Schwester zu tun?«

Cook erklärt sanft die Zusammenhänge, während Jones ihr zuhört und ab und an ungläubig die Augenbrauen hochzieht. »Aber wieso bin ich hier? Glauben Sie, dass ich irgendetwas damit zu tun habe?«

»Wir vermuten, dass der Täter Sie als Sündenbock ausgewählt hat«, sagt Howard.

Jones fährt sich nervös durch die Haare. »Sündenbock? Das wird ja immer abstruser.«

Howard räuspert sich. »Haben Sie nach dem Tod Ihrer Schwester jemanden kennengelernt, der sich für ihre Krankheit besonders interessierte? Oder haben Sie mit jemandem darüber gesprochen, den Sie erst danach getroffen haben?«

Jones überlegt einen Moment und schüttelt dann

langsam den Kopf. »Ich glaube nicht.« Wieder schüttelt er den Kopf, diesmal energischer. »Nein, ganz sicher nicht.«

»War Ihre Schwester in ärztlicher Behandlung?«

Diesmal runzelt er die Stirn. »Natürlich war sie das. Durch die Schlafstörungen litt sie immer mal wieder an Depressionen. Gegen Ende wurde es schlimmer und das führte schließlich ...« Er kneift die Augen zusammen, Tränen rollen die Wange hinab. Dann reißt er sie wieder auf. »Doch, jetzt erinnere ich mich. Ich habe mit jemandem gesprochen. Er hat sich als Trauerbegleiter vorgestellt. Er kam durch das Bestattungsunternehmen auf mich zu und war auf Selbstmord von Angehörigen spezialisiert.« Er überlegt einen Moment. »Wir haben uns zwei- oder dreimal getroffen, aber er hat mir nicht wirklich geholfen, da ich ...« Jones schluckt, »ich sah es als Erlösung für meine Schwester. Wissen Sie, wenn man eine Person so lange kennt, denkt man irgendwann, dass nichts mehr wirklich helfen kann. Es tut mir leid, ich weiß, das ist schwer zu verstehen.«

Howard hebt eine Hand und nickt mitfühlend. »Sie müssen uns das nicht erklären.« Jones wischt die Tränen aus den Augen und atmet tief durch.

Bevor Howard nachhakt, lässt er Jones einige Sekunden, um sich wieder in den Griff zu bekommen. »Wir benötigen die Kontaktdaten des Trauerbegleiters, und ich habe noch ein paar Fragen dazu«, sagt er schließlich.

Jones‹ Blick klärt sich und er wirkt erleichtert, als

wäre er damit automatisch aus dem Kreis der Verdächtigen entfernt. »Ich leite Ihnen die Visitenkarte gerne von meinem Handy aus weiter.«

Cook schiebt ihm ihre Visitenkarte über den Tisch, und er kramt ein Handy aus der Jackentasche heraus. Während er darauf herumwischt und tippt, fährt Howard mit der Befragung fort und nickt unmerklich, als Cook aufsteht, um weitere Informationen zum Trauerbegleiter herauszufinden.

»Worüber genau haben Sie mit dem Berater gesprochen?«

Jones verschränkt die Hände ineinander und blickt nachdenklich nach oben, vermutlich, um sich zu erinnern.

»Jonathan Ariston kam etwa zwei Wochen nach der Beerdigung meiner Schwester auf mich zu. Er konnte aufmerksam zuhören.« Jones lächelt. »Na ja, muss man in dem Job wohl, nicht wahr?« Howard nickt ihm zustimmend zu, und Jones fährt fort: »Eigentlich habe nur ich gesprochen. Über die Krankheit meiner Schwester, die Behandlung durch die Therapeuten, Medikamentensucht ...«

»Moment. Welche Medikamente hat Ihre Schwester bekommen?«

»Irgendwas mit C am Anfang und zepam am Ende, wie die meisten angstlösenden Mittelchen.«

»Clonazepam?«

Jones nickt. »Ja, könnte sein ...«

Sie sind dem Killer dicht auf den Fersen, aber all das kommt Howard noch viel zu einfach vor.

KAPITEL EINUNDDREISSIG

Ist sie es? Die Richtige? Oder wird sie mir bestätigen, dass sie wie alle anderen ist? Noch ist dieses Spiel offen, der nächste Zug nicht vorhersehbar, anders als bei den anderen, die das Spielbrett viel zu früh verlassen mussten, weil es ihnen scheißegal war, was mit ihren Kindern passiert ist. Sie haben sich nur für ihr eigenes erbärmliches Leben interessiert.

Ob sie wirklich stark genug ist, für ihr Kind zu kämpfen, wird sich noch herausstellen, immerhin ist sie nicht selbst verantwortlich dafür, dass sie auf freiem Fuß ist. Mal wieder hat ein anderer diese Entscheidung für sie getroffen. Interessant ist diese Wendung jedenfalls, da jetzt alles passieren kann und ich meine Spielzüge überdenken und erweitern muss.

Eigentlich habe ich Lauren einen Gefallen getan, indem ich ihren Mann tötete. Sie weiß es nur noch nicht. Jetzt muss sie mir noch beweisen, was sie für eine gute Mutter ist, dann wird all das ein gutes Ende für sie nehmen. Mir ist natürlich klar, vor welche Herausforderungen ich sie stelle, aber ist das nicht Sinn und Zweck eines guten Spiels? Dass man über sich hinauswächst, Entscheidungen trifft, sich dem Nervenkitzel stellt, nur um anschließend stärker als jemals zuvor daraus hervorzugehen.

Ich bin sehr neugierig, zu erfahren, zu welcher Art Spieler sie gehört.

Wird sie aufgeben, wie meine Mutter, oder wird sie kämpfen?

Es war so einfach, das Handy dieses idiotischen Anwalts zu spiegeln. Er hat mir alles auf dem Silbertablett serviert. Die nächsten Schritte, Abläufe und wohin er sie bringen wird. Zugegeben, es war etwas knifflig, vorher in das Zimmer zu kommen, aber mit etwas Selbstvertrauen und meinem Charme war es doch viel einfacher als ich gedacht habe. Ich habe mir vorgestellt, wie sie auf dem Bett sitzen wird, darin schläft, wie sie duscht, sich die Zähne putzt, was sie denkt. Ich hätte noch stundenlang dort sitzen können, aber ich durfte nicht vergessen, warum ich überhaupt dort war.

Jetzt höre ich ihre Stimme, ihren Atem, stelle mir vor, wie Schweißperlen ihre Brüste hinablaufen, ihr Puls schneller wird. Eine Reaktion, fast als läge sie unter mir und würde mich erwartungsvoll anstarren, bis ich in sie stoße. Heftig, immer und immer wieder. Wie bei diesem Telefonat wird sie ihre Gedanken nicht festhalten können, sie wird nur reagieren, mit geröteten Wangen und blutleeren Lippen.

»Guten Abend, Lauren.«

KAPITEL ZWEIUNDDREISSIG

Was geschieht hier? Was zum Teufel passiert da gerade? Lauren schlägt die Hand vor den Mund und sinkt auf den kalten Boden vor der Badewanne. Die Müdigkeit ist wie weggeblasen, ihr Herz rast, während sie auf den Unterschrank starrt, der noch immer geöffnet ist. Mit schweißnassen Händen presst sie das Telefon an ihr Ohr, aus Angst es fallenzulassen.

»Wer ist da?« Ihre Stimme klingt krächzend. Kraftlos, wie ein schwaches Vögelchen, das gegen eine Fensterscheibe geflogen ist, hilflos vor sich hin fiept, weil es bereits die Katze auf sich zustürmen sieht und weiß, dass es nicht fliehen kann.

Ein heiseres Lachen. »Das sage ich dir nicht. Noch nicht.«

Lauren blickt zur Tür. Sie könnte rübergehen, Tyler Lewis das Handy geben, alles von sich schieben, bloß nicht selbst reagieren, bloß nicht selbst entscheiden.

»Willst du mir beweisen, was du für eine Mutter bist?«

»W...was?« Sie muss aufstehen, ihren Anwalt um Rat bitten, aber sie kann sich nicht bewegen.

Sie hört seinen Atem. Er scheint das Gespräch zu genießen. »Willst du Dean wiedersehen?«

Lauren schluchzt. »I...ich ... natürlich.« *Aufstehen, Lauren. Steh auf, geh zur Tür, raus in den Gang. Mach schon. Mach schon.* Aber sie bleibt sitzen, schluckt. Der Anrufer sagt nichts. »Ja«, sagt sie mit fester Stimme. »Ich möchte meinen Sohn zurückhaben.«

Er lacht leise. »Gut, sehr gut. Hör gut zu, das ist sehr wichtig, Lauren.«

»Ja.«

Jetzt klingt seine Stimme so nah, als würde er neben ihr sitzen. »Das ist unser Geheimnis. Niemand darf von unserem Gespräch erfahren. Ich beobachte dich. Falls du diese eine Regel brichst, ist Dean tot, und das wäre dann deine Schuld. Hast du das verstanden?«

»Klar und deutlich.« Lauren wechselt in eine Rolle, schiebt jegliches Gefühl beiseite, so wie sie es gelernt hat, so wie sich selbst vor allem Bösen beschützte all die Jahre.

»Ich melde mich wieder.« Das Gespräch ist beendet, dennoch drückt Lauren das Telefon weiterhin an ihr Ohr und bleibt eine ganze Weile sitzen. Was auch immer der Anrufer von ihr will, sie wird es tun. Ganz egal, welche Konsequenzen sie deshalb zu tragen hat. Hauptsache Dean lebt.

KAPITEL DREIUNDDREISSIG

Jones‹ Alibis waren in der Zwischenzeit überprüft worden – absolut wasserdicht, es gab keinen Grund, ihn weiter festzuhalten. Da um diese Uhrzeit kein Phantombildzeichner aufzutreiben war, hatte Thomas mithilfe einer Software anhand von Jones‹ Aussagen ein Bild erstellt. Laut Jones hatte der vermeintliche Trauerbegleiter Ariston Ähnlichkeit mit einem Amish-Mann. Markant sei sein Bart, allerdings waren die Ober- und Unterlippe rasiert. Er hatte einen hellen Strohhut getragen, wodurch die Haare weitgehend verdeckt wurden, die Farbe des Bartes war allerdings, wie die Augenbrauen, rötlich-braun. Er trug eine Nickelbrille und hatte braune Augen.

Howard geht fest davon aus, dass sich der Täter verkleidet hat, und Thomas arbeitet mehrere Varianten mit der Software aus, um diese immer wieder durch die Gesichtserkennung laufen zu lassen. Ein schwieriges Unterfangen, wenn zum Beispiel kein Fahrzeug auf Ariston registriert ist. Da Thomas nachts am besten und möglichst allein arbeiten kann, schickt er den Rest ins Hotel, damit jeder von ihnen Energie tanken kann.

Auf dem Zimmer stellt Howard seine Tasche neben das Bett und schließt die Waffen in den Safe, während Kathlyn einige Pappbehälter mit chinesischem Essen auf einem kleinen, runden Tisch am Fenster arrangiert. Sie sind beide erschöpft, werden allerdings nur wenig Schlaf finden, da ihnen zu viel im Kopf herumgeht.

Als Kathlyn seufzt, wendet sich Howard um und zieht sie in seine Arme, in denen sie aufgrund ihrer schmalen Statur zu versinken scheint.

Sie lehnt ihren Kopf gegen seine Brust. »Ob der Junge noch am Leben ist?«, murmelt sie.

Diese Frage geht auch Howard nicht aus dem Kopf und setzt ihn noch mehr unter Druck. »Wir werden ihn finden. Und zwar lebend.«

Kathlyn nickt und sieht zu ihm auf. »So wie wir es immer tun, nicht wahr?«

Howard beugt sich zu ihr und küsst sie sanft auf den Mund. »Lass uns etwas essen und versuchen zu schlafen.«

Sie löst sich aus seiner Umarmung und setzt sich an den Tisch, um die Stäbchen aus dem Papier zu wickeln. Stochernd wühlt sie in dem Pappbecher herum, ohne etwas zu essen. »Also ist Jonathan Ariston, oder wie auch immer er heißt, der Täter?«

Howard spießt ein Stück Hühnchen auf und steckt

es in den Mund. »Alles deutet darauf hin, dass dieser Mann die drei Taten einem Unschuldigen in die Schuhe schieben will. Nicht nur die Tatsache, dass er die gesamte Anamnese von Jones‹ verstorbener Schwester wissen wollte, darüber hinaus«, er kaut zwischendurch und schluckt runter, bevor er weiterspricht, »hat Jones ihm genau gesagt, wo er in den folgenden zwei Jahren sein würde, da er eine genaue Vorstellung hat, wo er eine Niederlassung eröffnen will. Angeblich, so Ariston, weil er ihm einen Trauerbegleiter in der jeweiligen Stadt empfehlen würde. Aber dies ist nie geschehen, und Jones hat sich nicht mehr die Mühe gemacht, ihn anzurufen, weil ihm die Gespräche ohnehin nicht viel gebracht haben.«

Kathlyn balanciert Brokkoli zwischen den Stäbchen, ohne ihn in den Mund zu schieben. »Das sind leider keine Beweise«, murmelt sie und lehnt sich seufzend zurück.

»Du solltest etwas essen.« Howard deutet auf die Schachtel. So lange wie er Kathlyn nun kennt, weiß er nur zu genau, dass sie unter Stress nichts runterkriegt, im Gegensatz zu ihm. Auch wenn er in Situationen wie dieser nur zur Nahrungsaufnahme isst, jede Energie ist wichtig, wie Benzin fürs Auto, ohne das es nicht fährt.

»Ich kann nicht.« Mit einem Seufzen wirft sie das Gemüse zurück in die Schachtel und lässt die Stäbchen folgen. »Meine Kehle ist wie zugeschnürt.«

»Wenn du nicht hundertprozentig funktionierst, nicht ausgeruht und voller Kraft bist, ist niemandem geholfen. Für dich scheint Nahrungsaufnahme in diesen Momenten nicht angemessen zu sein, aber unser Job ist es, ein Kind zu finden und all jene vor etwas Ähnlichem zu bewahren, falls es uns nicht gelingt, den Jungen zu retten.«

Sie starrt ihn aus tränenverhangenen Augen an und beißt sich auf die Unterlippe. Schließlich beugt sie sich wieder vor, nimmt die Stäbchen zur Hand und isst etwas von dem Hähnchenfleisch. Howards Portion ist mittlerweile leer und er lehnt sich zurück. »Weißt du, ich bin mir fast sicher, dass die Kinder leben und wohlauf sind.«

Kathlyn stoppt die Stäbchen auf dem Weg in ihren Mund und blickt ihn fragend an.

Howard macht eine Handbewegung, die bedeuten soll, dass sie weiteressen soll. Er hat seine Schachtel so schnell geleert, dass sein Magen unangenehm ziept. Hastig leert er die Wasserflasche.

»Wie kommst du bitte darauf?«, fragt Kathlyn ungeduldig. »Oder hoffst du das einfach nur?«

Howard kratzt sich an der wulstigen Narbe am Hinterkopf, der mittlerweile wieder von dichtem Haar bedeckt ist. Tja, wie kommt er darauf und wieso kann er sich diese Vermutung so perfekt erklären, dass er gegenüber Kathlyn vorsichtig sein muss, damit sie keinen Verdacht schöpft?

Er wischt sich den Mund mit einer Papierserviette ab. »Cook hat doch erzählt, sie hätte sich ein paar Dinge zusammengereimt. Dass dem Täter etwas Ähnliches geschah – vielleicht war er älter als die

Kinder der Opfer – und dass er die Frauen nicht grundlos überleben lässt. Er hätte also auch keinen Grund, die Kinder zu töten, richtig?«

Kathlyn hält einen Moment inne. »Er hält sie gefangen? Alle drei Jungen?« Rasch isst sie weiter.

»Ja, ich weiß, noch fehlen ein paar Puzzlestücke, aber ich glaube, er hält sie gefangen und sie sind am Leben.« Howard reibt noch einmal über die Narbe, dann sagt er: »Und jetzt iss auf. Ich rufe Mom an und frag nach den Kindern.« Howard nimmt seine Reste vom Tisch und wirft sie in den Papierkorb, als Kathlyn sich räuspert und er, ohne sie anzusehen, stehen bleibt.

»Ist alles in Ordnung, Howard?« Die Frage stellt sie leise, als wäre sie sich nicht sicher, ob sie gestellt werden sollte.

»Was sollte nicht in Ordnung sein?« Er nimmt sein Handy aus der Jackentasche und dreht sich lächelnd zu ihr.

Sie sieht ihn lange an und zuckt schließlich mit den Schultern. »Schon gut. Du hast die Profilingarbeit immer jemand anderem überlassen.«

Howard lacht heiser und wählt die Nummer seiner Eltern. Es ist zwar spät, also werden die Mädchen bereits schlafen, aber er möchte dennoch wissen, wie es ohne ihn und Kathlyn läuft. Bevor Kathlyn noch weitere Fragen stellen kann, stellt er das Gespräch auf laut und legt das Telefon auf den Tisch. Seine Mutter nimmt wie immer nach dem dritten Läuten ab. Sie klingt nicht mal müde, obwohl er sie ganz bestimmt geweckt hat.

»Oh, Howard! Es ist so schön, von dir zu hören. Uns geht es gut. Dein Vater schläft schon, also muss ich etwas leise sein.«

»Hey, Mom«, sagt Kathlyn mit vollem Mund. Sie nennt seine Mutter ebenfalls Mom.

»Verstehe. Ich wollte mich nur nach Liza und Marcy erkundigen. Ist alles in Ordnung?«

Sie zögert kurz. »Ja, sicher. Sie sind beide im Bett und schlafen.«

»Bist du sicher? Du klingst irgendwie ... gestresst.«

Sie lacht nervös. »Ach nein, es ist nichts, wirklich. Es war nur ein langer Tag, das ist alles.«

»Frag sie, ob Marcy heute in der Schule war«, flüstert Kathlyn Howard zu.

»War Marcy heute in der Schule?«

»Ja, sie war ... aber sie kam ein bisschen spät nach Hause. Keine große Sache. Sie hat gesagt, dass sie sich noch mit einer Freundin getroffen hat.« Sie klingt zögerlich.

Howard runzelt die Stirn und blickt Kathlyn an.

»Hast du mit dieser Freundin gesprochen? War sie wirklich bei ihr?«

»Nun, nein, aber ich habe keinen Grund, Marcy nicht zu glauben. Sie ist ein gutes Mädchen.«

»Mom, ich weiß, dass du sie schützen willst, aber ich habe das Gefühl, dass du mir nicht alles erzählst.«

Sie schweigt wieder einen Moment. »Howard, ich will dich wirklich nicht beunruhigen. Es ist nur ...«, sie flüstert, »es gibt da etwas, aber ich will deinen Vater nicht wecken. Ich gehe mal ins andere Zimmer.«

Howard spannt die Muskeln an. »Okay, ich warte.«

Er lauscht ihren Schritten und schließlich der Tür, die leise geschlossen wird. »So, jetzt können wir sprechen. Howard, ich mache mir ein bisschen Sorgen um Marcy. Sie war in letzter Zeit etwas verschlossen und ... heute kam sie mit einem blauen Fleck am Arm nach Hause. Sie sagte, es sei nichts. Aber ich war mir nicht so sicher.«

»Ein blauer Fleck? Hast du sie gefragt, woher der kommt?«

»Sie meinte, es sei beim Sport passiert, aber ich weiß nicht ... sie wirkt einfach anders. Verschlossener.« Seine Mutter kennt Marcys Vergangenheit, und er ist sich sicher, dass seine Mom bei ihr genau hinschaut, so wie er, wenn etwas an ihr anders ist. Marcy wurde im frühen Kindesalter schwer sexuell missbraucht und kam durch einen Fall zu Howard und Kathlyn. Mittlerweile haben sie das Mädchen adoptiert und es scheint seine Vergangenheit hinter sich gelassen zu haben. Umso erschreckender klingen die besorgten Worte seiner Mom.

»Kathlyn wird morgen mit Marcy sprechen.« Noch können sie hier nicht einfach gehen. Howard räuspert sich. »Behalte sie bitte im Auge.«

»Natürlich.«

»Und wie geht es Liza?«

Mit einem Lächeln in der Stimme sagt sie: »Liza ist ein kleiner Engel, wie immer. Sie hat heute mit ihren Puppen gespielt und mich zum Tee eingeladen. Sie vermisst euch beide sehr.«

»Das ist gut zu hören. Ich vermisse sie auch. Bitte pass gut auf sie auf.«

»Natürlich, mein Junge. Du weißt, dass ich das tue.«

Sie verabschieden sich, und Howard tippt auf den roten Hörer, um das Gespräch zu beenden. Seufzend setzt er sich aufs Bett. Sicher ist nichts weiter mit Marcy, eine Rangelei in der Schule oder einfach nur ein dummer Unfall beim Sport. Dennoch hat er ein ungutes Gefühl, und das hat ihn noch nie im Stich gelassen.

Es ist 3:44 Uhr, als Howard benommen nach dem Telefon greift, das schrill klingelt. Der Mond leuchtet ins Zimmer, Kathlyn bewegt sich leicht im Schlaf, wacht aber nicht auf.

»Ja, wer ist da?«, murmelt er leise.

»Howard, hier ist Rick. Entschuldige, dass ich dich wecke, aber es ist wichtig.«

Er setzt sich auf und reibt die Augen. »Rick? Was ist los? Irgendwas mit dem Fall?«

»Es geht um Lauren Riggs. Sie hat ihr Zimmer verlassen.«

»Was? Ist sie ausgebrochen?« Plötzlich ist er hellwach.

»Nein, nein, nichts dergleichen. Sie ist geschlafwandelt.«

»Geschlafwandelt? Bist du sicher?«

»Ja, absolut. Sie wurde draußen auf dem Flur

gefunden, völlig desorientiert. Die Sicherheitskameras haben alles aufgezeichnet. Ich dachte trotzdem, du solltest das wissen.«

Howard atmet tief durch. »Sie muss in ein Schlaflabor. Kannst du das organisieren?«

»Klar, Mann. Leg dich wieder hin, wir haben alles im Griff.«

Als Howard auflegt, beobachtet er die Schatten, die das Licht des Mondes auf die Wand zeichnet, und legt sich wieder unter die Decke. Zumindest scheint ihre Geschichte mit den Schlafproblemen zu stimmen.

KAPITEL VIERUNDDREISSIG

Der Teppich im Hotelflur fühlt sich weich unter ihren bloßen Füßen an. Lauren spürt den kühlen Luftzug der Klimaanlage auf ihrer Haut und hört das leise Summen von Maschinen irgendwo in der Ferne. Ihre Schritte sind leise, als sie weitergeht, die Umgebung verschwommen und unwirklich, als ob sie durch einen Traum wandere. Aber das hier ist kein Traum. Lauren weiß, wie es ist, schlafzuwandeln. Nicht, wie man es klassischerweise aus Horrorfilmen kennt, wo die Person auf dem Dach herumspaziert und nichts mitbekommt. Nein, ihre Episoden sind anders, schwer zu erklären, beängstigend, denn sie schläft und ist doch wach. Deshalb weiß sie einfach, dass sie Steven nicht getötet haben kann. Aber was genau in der Nacht passiert ist, weiß sie auch nicht.

Die elektronische Fußfessel an ihrem Knöchel blinkt in einem ruhigen, regelmäßigen Takt. Sie ist schwer und unangenehm, eine ständige Erinnerung an die Situation, in der sie sich befindet. Verdächtigt, ihren Mann ermordet und den Sohn entführt zu haben. Das FBI zweifelt an ihrer Schuld, doch sie fühlt das Misstrauen und die ständige Überwachung. Sie denken, sie schlafe jetzt, aber stattdessen ist sie hier draußen, schlafwandelt durch die leeren Flure des Hotels.

Ihre Gedanken sind ein verworrener Nebel. Lauren erinnert sich daran, wie sie ins Bett gegangen ist, erschöpft und den Kopf voller Fragen wegen des Anrufes dieser mysteriösen Person. So viele Fragen hatte sie sich gestellt, aber die Erschöpfung zollte ihren Tribut. Seitdem muss sie in einen tiefen, traumlosen Schlaf gefallen sein. Jetzt jedoch treibt eine unsichtbare Kraft sie weiter, als ob sie von Fäden gezogen würde, die sie nicht sehen kann.

Sie biegt um eine Ecke und stößt beinahe gegen eine Zimmertür. Die Nummer auf dem Schild verschwimmt vor ihren Augen, doch sie zwingt sie, klarer zu sehen. Es ist Zimmer 203, weit entfernt von ihrem eigenen. Ein seltsames Gefühl von Déjà-vu durchströmt sie. Lauren kennt diesen Ort nicht, und doch fühlt sie sich, als ob sie hierhin gehöre.

Langsam öffnet sie die Tür, die nur angelehnt ist. Der Raum dahinter ist dunkel, nur vom schwachen Licht des Flurfensters beleuchtet. Lauren tritt ein, und die Tür schließt sich leise. Das Klicken des Schlosses ist das letzte Geräusch, das sie hört, bevor die Stille wieder einkehrt.

Plötzlich ertönt ein lautes Piepen, das sie aus ihrer

Trance reißt. Die Fußfessel signalisiert Alarm. Sie hat absolut keine Ahnung, wo sie ist. Hat man ihr nicht gesagt, dass sie sich in einem Radius von zehn Meilen bewegen kann? Oder hat sie es nicht richtig mitbekommen? Panik durchströmt ihren Körper, und sie fällt auf die Knie, die mit einem dumpfen Geräusch auf den Boden krachen. Der Schmerz lässt sie schließlich endgültig wach werden. Verwirrt blickt sie sich um, atemlos – wie immer hat sie das Gefühl, dass sie keine Luft bekommt – greift sie an ihre Brust.

Keine Panik. Du wirst nicht ersticken. Atme einfach. Atme. Sekunden später wird die Tür aufgestoßen und zwei Männer stehen im Raum, die Waffen gezogen. Hinter ihnen erkennt sie Tyler Lewis, der sie besorgt ansieht.

»Miss Riggs!«, ruft einer von ihnen. »Was zum Teufel machen Sie hier?«

Lauren blinzelt benommen und versucht, ihre Gedanken zu ordnen. »Ich ... ich weiß es nicht. Ich habe geschlafen.«

Der große Dunkelhäutige senkt die Waffe und atmet schwer aus. »Verdammt, wir dachten, Sie würden abhauen. Kommen Sie, wir bringen Sie in Ihr Zimmer.«

Sie begleiten Lauren zurück, während sie versucht, ihre verworrenen Gedanken zu sortieren. Warum ist sie wieder geschlafwandelt? Eigentlich kennt sie die Antwort, aber in ihrem Kopf dreht sich alles, und als sie allein in ihrem Zimmer auf dem Bett liegt, die Kuscheldecke ihres Sohnes fest umklammert, klingelt das Handy, das sie unter die Matratze gesteckt hatte. Lauren schließt die Augen, hofft, dass es gleich verstummt, dass sie wieder in den Schlaf findet, aber es hört nicht auf. Also steht sie auf, kramt das Handy hervor und nimmt das Gespräch an.

»Denk daran, ich sehe alles. Befolge meine Anweisungen, sonst wird dein Sohn sterben. Jeder Fehler wird Konsequenzen haben.« Die Leitung ist tot.

Und Lauren wird alles tun, was diese Person von ihr verlangt. Egal, was. Für ihren Sohn ...

KAPITEL FÜNFUNDDREISSIG

Jede Reise ist ungewiss. Ob es die des Lebens oder die des Sterbens ist. Niemand weiß, wie sie verlaufen wird. Es gibt überraschende Wendungen, Glücksmomente, aber auch Trauer, Wut und Enttäuschung. Mit all diesen täglichen Herausforderungen müssen wir alle umgehen. Der eine mehr, der andere weniger.

Ich gehöre in die Kategorie der Menschen, die keinen Tag ihres Lebens glücklich waren. Ja, es klingt, als wäre die Aussage völlig übertrieben und als würde ich rechtfertigen, was ich tue, indem ich jemand anderem die Schuld dafür gebe. Wenn man unschuldig für die Sünden seiner Eltern bestraft wird, und jede Entscheidung, die man selbst oder jemand anderes getroffen hat, dazu führte, dass man immer wieder in den Abgrund stürzte, bleibt es nicht aus, dass man Gerechtigkeit einfordert. Das ist doch völlig normal.

Lauren Riggs ist schon so weit gekommen, und sie wird die Frau sein, die all meine Erwartungen erfüllen wird. Da bin ich ganz sicher. Denn sie wird um ihren Sohn kämpfen, egal, was es sie kostet.

»Jeremiah, lass ihn doch bitte …«

»Sei ruhig, Weib. Sei endlich ruhig. Er muss lernen, Verantwortung für seine Taten zu übernehmen. Du kannst ihn nicht immer verweichlichen. Und was habe ich dir über Widerworte gesagt? Bitte, lass es mich nicht schon wieder erklären und dich bestrafen.«

Sie weint. »Ja, ist gut.«

Und sie hat weggesehen, ist ein anderes Zimmer gegangen, hat mich gehört und nichts getan, nicht geholfen, sich nicht gekümmert, bis er es erlaubte.

Nein, meine Mutter war eine schwache, untergeordnete Frau, die nur einmal in ihrem Leben etwas gut gemacht hat, es aber selbst dann nicht schaffte, an mich zu denken. Bei Lauren ist es anders. Ich spüre es und weiß es einfach.

KAPITEL SECHSUNDDREISSIG

Am nächsten Morgen haben sie mehrere vielversprechende Spuren, die sie verfolgen können – dank Thomas, der auf einer Couch im Pausenraum ein paar Stunden Schlaf getankt hat. Cook und Gardner treffen keine fünf Minuten nach Howard und Kathlyn ein. Alle sind bereits informiert worden, dass Lauren Riggs in der Nacht geschlafwandelt ist und in einem Schlaflabor untersucht wird.

Als sie vollzählig am Besprechungstisch sitzen, fasst Thomas zusammen, was er herausgefunden hat.

»Ich habe alle wichtigen Informationen auf eure Tablets geschickt, deshalb jetzt nur die Zusammenfassung.« Außer Howard und Joshua nehmen alle ihr Tablet aus den Taschen und stellen diese vor sich auf den Tisch.

»Jonathan Ariston, der Trauerbegleiter, existiert nicht. Ich habe sämtliche Datenbanken durchforstet, das Phantombild verändert, aber keine entsprechende Person gefunden, die in allen drei Staaten war.«

Howard rutscht das Herz in die Hose. Das klingt nicht gerade positiv, und mittlerweile rennt ihnen die Zeit davon.

»Aber, ich habe eine andere Idee gehabt. Nun ja, eigentlich hatte die Cook.« Er lächelt Cook zu und fährt fort: »Wenn unser Täter tatsächlich ein Amish ist, ein Verstoßener, könnte es durchaus sein, dass wir nichts über ihn finden. Ein ähnlicher Fall könnte unter den Teppich gekehrt worden sein, weil dieser innerhalb der Gemeinschaft stattgefunden hat. Die Amish regeln Sachen gern unter sich.«

Howard reibt sich über die Wulst am Hinterkopf. »Warum sollte sich der Täter als Amish verkleiden, wenn er aus dieser Gemeinschaft kommt? Damit gibt er uns doch einen Hinweis. Unser Täter hat diese Rolle für den perfekten Sündenbock gespielt, um von sich abzulenken und sich Zeit zu verschaffen. Das bedeutet, er hat alles geplant, um sich eben nicht erwischen zu lassen.«

Joshua räuspert sich und streckt den Rücken noch gerader, als er bereits ist. »Man glaubt, der Täter zeigte bei seinen Taten Reue. Wenn man sich die Tatort Fotos ansieht, erkennt man darauf, dass die Hände auf dem Bauch gefaltet sind.« Alle streichen auf ihren Tablets herum und verharren augenscheinlich vor den Fotos der Tatorte.

»Du hast recht«, sagt Kathlyn nach einer Weile nachdenklich.

Joshua nickt. »Die Theorie könnte also stimmen, dass der Täter ein Mitglied der Amish ist.«

»Erstellen Sie mir bitte ein Update des Täterprofils«, sagt Howard zu Joshua, der augenblicklich aufsteht, Block und Stift in die Hand nimmt und den Raum verlässt.

»Thomas …«

»Ich bin noch nicht fertig«, sagt der mit einem scherzhaft vorwurfsvollen Unterton.

Howard hebt die Hände und nickt ihm zu.

»Darauf bin ich besonders stolz«, sagt er und klatscht.

Howard rollt mit den Augen.

»Also, wir leben ja in einer Welt voller junger Menschen, die ihren Alltag im Internet teilen …«

»Bitte kein Vortrag über die sozialen Medien«, stöhnt Howard, der mit Instagram, Facebook, TikTok und Co. auf Kriegsfuß steht. Thomas grinst ihn süffisant an, tippt etwas auf seinem Notebook herum, und ein Bild wird an eine Leinwand geworfen. Es sieht aus wie eine Karte der Innenstadt von Oklahoma. Howard verengt die Augen, aber er erkennt nur ein paar Vierecke, verteilt auf die Stadt.

Thomas tippt erneut auf der Tastatur und steht auf. »Ich habe in den sozialen Medien nach den Hashtags Amish und Amish-People gesucht, vornehmlich zur Zeit, als der angebliche Trauerberater mit Wesley Jones Kontakt hatte.«

Howard rutscht ungeduldig auf seinem Stuhl hin und her. »Ja, und?«

Kathlyn wirft ihm einen bösen Blick zu und legt einen Zeigefinger auf ihre Lippen.

Auf der Leinwand wird eines der kleinen Quadrate größer und Howard erkennt darauf ein Foto eines typischen Amish Mannes. »Man sieht nicht so oft Amishe mitten in der Großstadt, aus dem Grund wurde er wohl fotografiert, und das Bild in den sozialen Medien geteilt. Ich habe also die Spur verfolgt. Nach ein paar Stunden hatte ich einen Treffer, einen Ort, an dem er öfter aufgenommen wurde. Und das war in der Nähe der Städtischen Bücherei. Und ja, unser Täter könnte die Scheinidentität nur in Oklahoma genutzt haben, aber wenn dem so wäre, hätte ich es nicht weiter erwähnt, denn die Daten der Überwachungskameras sind nach der langen Zeit längst gelöscht.«

»Das heißt, der gleiche verkleidete Mann wurde auch in Illinois und Detroit fotografiert?« Howard kann sich denken, dass er richtigliegt, aber er fragt dennoch nach.

Thomas lehnt sich zurück. »Korrekt.«

»Versuch, ihn hier in Detroit über die Überwachungskameras zu verfolgen.«

Thomas schmollt. »Was denkst du, was ich gerade mache?«

»Gute Arbeit.« Thomas zieht das Notebook vom Beamer ab und verschwindet wieder hinter dem Monitor.

»Cook und Kathlyn, findet heraus, wie die geografische Verteilung um unsere Tatorte aussieht und kreist diese ein. Im Allgemeinen respektieren die Amish die

Gesetze und kooperieren mit der Polizei, zumindest wollen sie, dass die Menschen das glauben. Ich werde, unabhängig von den Ergebnissen, zur Bibliothek fahren.« Er wird die Bilder, die Thomas erstellt hat, mitnehmen und hoffentlich herausfinden, ob jemand den Mann kennt, oder er sogar dort angestellt war. Eigentlich geht Howard davon aus, dass der Mann dort gearbeitet hat, denn er hat die Verläufe auf den Computern, den die Frauen dort genutzt hatten, ganz offensichtlich verfolgt, um genau die Richtige auswählen zu können. Auch passt das geografische Profil, das Thomas anhand der sozialen Medien erstellt hat. Während Kathlyn und Cook an die Arbeit gehen, setzt sich Howard neben Thomas, um mehr über diese Theorie herauszufinden.

Thomas denkt eine Sekunde nach. »Er könnte sich auch in die Arbeitsplätze gehackt und gesehen haben, was die Leute suchen, es ausdrucken, oder sogar in Chats oder E-Mail-Programmen schreiben. Das glaube ich aber nicht.« Thomas schüttelt den Kopf. »Ich glaube eher, er hat dort gearbeitet.«

Howard reibt sich nachdenklich übers Kinn. »Eine Bücherei ist eine städtische Einrichtung. Da kann ja nicht jeder einfach einen solchen Aushilfsjob machen, ohne vorher geprüft zu werden.«

Thomas wackelt mit dem Kopf. »Er könnte sich als Student ausgegeben haben, vielleicht, weil er jünger wirkt als er ist. Wenn er tatsächlich die Frauen über die Computer beobachtet und ausspioniert hat, muss er auch so schlau sein, sich eine entsprechende Identität zu erstellen.«

Der Täter scheint gerissener zu sein als sie dachten. Nur passt das alles nicht zu einem Amish. Die Amish meiden moderne Technologien wie Elektrizität, Autos und Telefone, um ein einfaches Leben zu führen und sich von weltlichen Einflüssen fernzuhalten. Wenn er ausgeschlossen wurde oder die Vermutung von Cook nur ansatzweise stimmt, dass er als Kind aus dieser Gemeinschaft geflohen sein könnte, muss er ab da in einem System gelandet sein.

»Thomas, finde raus, ob in den vergangenen zwanzig Jahren ein Kind aus dem Nichts ins System kam. Als Pflegekind oder zur Adoption. Beschränke dich dabei auf Kinder aus Amish Gemeinschaften.«

Thomas blickt ihn mit hochgezogenen Augenbrauen an. »Du weißt schon, dass das Tausende sind?«

Das ist ihm durchaus klar. »Lass die Anfrage nebenbei laufen und selektiere die Ergebnisse.« Howard holt Luft. »Keine Priorität. Es ist eine Nadel im Heuhaufen.« Er steht auf. »Halt mich auf dem Laufenden.«

»Geht klar, Boss.« Thomas vergräbt sich wieder hinter seinem Bildschirm, als Howard seine Jacke schnappt und den Besprechungsraum verlässt.

Es ist noch früh, als er zur Bibliothek fährt, dennoch ruft er Rick an, ob sie bereits im Schlaflabor angekommen sind. Der meldet sich nach dem ersten Klingeln.

»Gut geschlafen?«, meldet er sich und gähnt.

»Habt ihr euch nicht abgelöst?«, antwortet Howard mit einer Gegenfrage.

»Doch, aber du weißt ja, wie es ist, im Auto zu schlafen.« Er lacht leise und räuspert sich. »Wir sind gerade angekommen. Dr. Elaine Summers hat uns den Ablauf erklärt. Sie wird über Nacht beobachtet, und es werden verschiedene Tests durchgeführt. Lauren Riggs ist gerade im MRT, um Tumore oder Blutungen im Gehirn auszuschließen.«

»Seid ihr bei ihr?«

Rick seufzt. »Jepp ... Moment ... Was ist los?« Rick hat das Handy wohl sinken lassen. Howard bremst ab und rollt auf den Seitenstreifen. »Rick! Ist etwas passiert?«

»Das kann ... doch wohl nicht wahr sein. Was meint ihr, warum sie die anhatte?«

»Rick!«, brüllt Howard.

»Ist mir scheißegal, wie ihre Vorschriften lauten ...«

»Rick!«

»Ich melde mich. Sie ist abgehauen.« Das Gespräch ist beendet. Howard flucht und schlägt mit der flachen Hand aufs Lenkrad.

KAPITEL SIEBENUNDDREISSIG

Sie soll etwas tun, was sie normalerweise niemals machen würde. Sich Autoritätspersonen widersetzen, dem FBI, ihrem Anwalt, der an sie geglaubt hat. Aber was kümmert sie das alles, wenn es um das Leben von Dean geht? Er ist doch noch so klein, er weiß sicherlich nicht, was gerade passiert, wo auch immer er ist. Lauren wird beweisen, dass sie bereit ist, Grenzen zu überschreiten, selbst wenn sie sich dabei strafbar macht. Sie verschwendet einfach keinen Gedanken daran, welche Konsequenzen sie zu tragen hat, wenn alles vorbei ist. Hauptsache, ihr Junge ist in Sicherheit. Selbst die Vorstellung, was man mit ihm macht, verdrängt sie, denn das würde sie vermutlich lähmen, und sie muss tapfer sein. Dass sie als Person der Welt egal ist, daran hat sie sich gewöhnt. Dass sie sich entschuldigt, wenn eine der Ehefrauen aus Stevens Bekanntenkreis sie beschimpft, das kennt sie gar nicht anders.

»Komm, ich helfe dir.« Sie sagte es freundlich, etwas unterwürfig, als Karen, die Frau des Chefs ihres Mannes, ein Glas runterwarf und die Scherben aufkehrte.

»Das kann ich selbst.« Karen hatte ihre Stimme erhoben, während sie die Scherben wegkehrte, so als hätte Lauren das Glas auf den Boden geworfen.

Als sie aufstand und den Stuhl zur Seite schob, um Karen zu helfen, schnauzte sie Lauren an. »Wärst du mal sitzen geblieben. Das wäre einfacher gewesen.« Lauren hatte den Kopf gesenkt und sich entschuldigt, und Karen hatte ihr ein mitleidiges Lächeln geschenkt.

Was auch immer sie jetzt wieder getan hat, um das zu verdienen, sie wird sich am Ende entschuldigen, selbst wenn sie nicht weiß, wofür.

Sie befolgt nur die Anweisungen. Für einen Moment hat sie ein schlechtes Gefühl gegenüber ihrem Anwalt, denn der ist seit Langem der erste Mensch, der nett zu ihr war, ihr das Gefühl gab, sie sei etwas wert. Aber die Reue ist nur von kurzer Dauer. Was bringt es ihr, sich darum zu scheren, was andere von ihr halten, wenn Dean in Gefahr ist und sie die einzige Person auf der Welt zu sein scheint, die ihn retten kann? Selbst wenn Lauren dabei draufgeht und Dean in Sicherheit ist, wird er ganz bestimmt, eine neue liebevolle Familie finden und all diese furchtbaren Ereignisse vergessen. Ist es nicht so, dass Kinder sich nicht an die ersten Jahre erinnern können?

Heiße Tränen steigen auf, die sie mühevoll zurückdrängt. Sie presst die Lippen zusammen und atmet mehrmals durch die Nase tief ein und aus, während sie zuschaut, wie der andere, kleinere FBI-Agent – aber neben dem Riesen von einem Mann sieht wohl jeder klein aus – ihr die Fußfessel löst.

Sei tapfer. Du schaffst das. Du musst es schaffen. Alles hängt davon ab.

Dann lässt er sie in der Kabine allein, damit sie sich ausziehen und diesen Krankenhauskittel anziehen kann. Ein paar dicke Wollsocken liegen auf einer Bank, die sie aber nicht anrührt, als sie die Kabine über die gegenüberliegende Tür verlässt. Ihr Blick wandert durch den Flur, an dessen Ende eine verglaste Kabine ist, in der zwei Personen an Monitoren sitzen. Ihr gegenüber geht es zum Raum mit dem MRT-Gerät, das geräuschvoll summt. Links vom Flur ist eine Toilette. Lauren bleibt einen Moment stehen und sieht wieder nach links. Dann beginnt sie von einem aufs andere Bein zu treten und unruhig nach rechts zu schauen. Die Personen schenken ihr keine Beachtung, also geht sie langsam nach links und macht leise stöhnende Geräusche, als müsse sie wirklich dringend.

»Miss Riggs …«

Lauren dreht sich nicht um. »Muss aufs Klo«, murmelt sie und geht schneller. Ihre Finger umklammern eine Dollarmünze und als sie endlich die Tür öffnet und hinter sich schließt, atmet sie erleichtert auf und streicht sich die feuchten Strähnen aus dem Gesicht. Sie würde sich gern einen Moment auf den Klodeckel setzen, um die wackeligen Beine zu beruhigen, aber sie geht auf die andere Tür zu, als sie den

Schlitz sieht, den sie mit der Münze drehen kann, um die Tür zu öffnen. Ihre Finger sind so feucht, dass die Münze hin und her flutscht und fast auf dem Boden landet. Lauren atmet tief durch, wischt die Hände an dem Kittel ab und versucht es erneut.

Es klappt. Vorsichtig öffnet sie die Tür und tritt in einen weiteren Flur, dem sie folgt, bis sie ein Schild findet, auf dem Treppenstufen zu sehen sind. Die Tür ist offen. Mechanisch folgt sie den Stufen nach unten und schreit kurz auf, als jemand sie packt und ihr etwas über Mund und Nase legt. Der süßliche Geruch strömt in ihren Mund, und dann wird alles schwarz. Ihr letzter Gedanke ist, dass man sie reingelegt hat.

KAPITEL ACHTUNDDREISSIG

Als Howard in der Klinik eintrifft, ist längst alles abgeriegelt, von Lauren fehlt allerdings jede Spur. Rick ist im Technikraum, wo er die Überwachungsvideos sichtet, Steward durchkämmt mit Polizisten das Gebäude. Howard ruft Thomas an. »Hast du alles mit einem Chip versehen? Auch die Unterwäsche?«

»Jedes Kleidungsstück, sämtliche Hygieneartikel, Socken, Schuhe.«

Howard nimmt die Kuscheldecke von Laurens Sohn auf, die sie ordentlich auf ihre Kleidung gelegt hat. In den Schuhen findet er ein Paar Socken, fein säuberlich aufgerollt. Ihr BH liegt unter einem Pullover, ebenfalls zusammengelegt. Eine Unterhose ist nicht zu sehen.

»Ein Objekt zeigt einen Fehler an. Es dauert einen Moment, bis ich es rebooten kann, wenn es hoffentlich nicht defekt ist. Melde mich.« Thomas legt auf und Howard steckt das Handy in seine

Jackentasche, um den Fluchtweg, den Lauren offensichtlich genommen haben muss, entlangzugehen. Er geht nicht davon aus, dass er etwas Brauchbares finden wird, aber er muss ohnehin dort lang, um zu Rick zu kommen. Über vierzig Minuten ist es her, dass Lauren verschwunden ist, und noch immer fehlt jede Spur. Weder in der Tiefgarage noch in den anderen Stockwerken war sie zu finden. Mittlerweile sind Straßensperren errichtet, sämtliche Behörden sind in Alarmbereitschaft.

Über das Treppenhaus kommt er zu der Technikabteilung, die für das komplette Gebäude zuständig ist. Rick steht hinter einem Sicherheitsbeamten und schaut ihm über die Schulter.

»Das heißt, diese beiden Bereiche werden nicht mit der Kamera überwacht?«

»Na ja, wozu sollte es auch wichtig sein, ein Treppenhaus zu überwachen?«, sagt der Techniker langsam, als wolle er sich verteidigen für etwas, wofür er gar nichts kann.

»Gehen Sie mal zurück auf heute Nacht oder gestern Abend.« Rick überlegt einen Moment. »Es ist eher sinnvoll, ab drei Uhr vierzig zu schauen.«

Howard stößt hinzu und sieht auf den Monitor.

Der Techniker wendet sich ihnen zu. »Was soll ich schauen? Also wo?«

Rick schnaubt entnervt, und Howard legt eine Hand auf den Arm seines Partners, um ihm zu signalisieren, dass er etwas geduldiger mit dem Techniker sein sollte.

»‹tschuldigung. Eingangsbereich, Garage, Hintereingänge.«

Der Techniker dreht sich wieder dem Monitor zu, schiebt die Maus hin und her und klickt mehrfach darauf herum.

»Da!« Rick beugt sich vor und deutet auf eine schemenhafte Gestalt, die durch die Garage geht und das Treppenhaus benutzt.

»Geht das größer?« Auch Howard beugt sich vor. »Oder haben Sie noch Kameras in der Garage?«

Der Techniker bewegt erneut die Maus und klickt darauf herum. »Hm, komisch. Die Einfahrt und der Bereich einsfünfzig sind fehlerhaft.«

»Was bedeutet das?«, fragt nun Howard.

»Ehm, sorry. Einsfünzig ist beim Treppenhaus, und die Kameras von der Einfahrt bis zu diesem Bereich wurden nicht aufgezeichnet, als hätte sie jemand ausgeschaltet.«

»Sind die Kameras noch immer defekt?« Rick krallt seine Finger in die Lehne des Stuhls, auf dem der Techniker sitzt.

Der nickt. »Äh, sieht so aus ...«

»Verdammte Scheiße!«, flucht Rick, dreht sich um und ballt die Hände zu Fäusten.

Howard zieht ihn in den Flur. »Thomas versucht, den Sender zu reparieren.«

Rick schlägt die Faust in seine linke geöffnete Hand. »Der ist verdammt schlau. Wir hätten das wissen müssen.«

Mittlerweile ist Steward zu ihnen gestoßen. Die

feuchten Strähnen, die ihm im Gesicht kleben, lassen erahnen, dass er durchs gesamte Gebäude gerannt sein muss. Dennoch ist er kaum außer Atem und so ruhig, als wäre das hier ein Spaziergang und nicht die Jagd nach einer Frau, die vermutlich gekidnappt wurde. Rick ist wesentlich impulsiver, aber die beiden Agents scheinen sich in der letzten Nacht näher gekommen zu sein, denn Howard spürt eine besondere Verbindung, die von gegenseitigem Respekt zeugt.

Steward schüttelt den Kopf, als er die Blicke von Howard und Rick bemerkt.

Dann klingelt Howards Handy und Thomas ist in der Leitung. Er konnte den Sender wieder anpingen und lädt eine App auf Ricks Handy –weil dieser affiner zu moderner Technik ist –, um den Standort zu ermitteln.

KAPITEL NEUNUNDDREISSIG

Es war immer eine Mission. Was kann ich dafür, dass die anderen Frauen nicht nach meiner Vorstellung gehandelt haben? Im Vordergrund gab es von Anfang an ein Ziel, das es zu erreichen galt. Beginn und Ende habe ich festgelegt und so viel wie möglich in der Mitte vorher geplant. Dass nicht alle Parameter in meinem Sinne funktionieren würden, war mir bewusst. Ein bisschen tat es mir auch leid, dass so viele Menschen unnötig sterben mussten, aber das war eben natürliche Auslese. Wie das Zebra, das vom Löwen gejagt und gefressen wird. Es gibt für alles in der Natur, in dieser Welt, zwei Seiten. Fressen und gefressen werden. Ein Gleichgewicht, das seit Beginn der Erde immer aufrechterhalten wird. Ganz instinktiv. Natürlich. Das weiß ich. Aber Menschen sind nun mal keine Tiere. Für sie gelten andere Regeln. Auch wenn sie am Ende fast so ähnlich anmuten, nur auf anderer Ebene.

Ich wusste, dass Lauren Riggs die Richtige ist. Ich

habe ihr Strahlen unter der Maske gesehen, die sie jahrelang für alle in ihrer Umgebung getragen hat. Ein solches Leuchten ist nicht zu übersehen, auch wenn sich der Mensch darunter Mühe gibt, es zu verstecken. Wenn wir uns unter anderen Umständen kennengelernt hätten, wäre vielleicht etwas aus uns geworden, denn je länger ich sie beobachtete, desto mehr wollte ich ihr wahres Ich kennenlernen, da ich durch ihre Wärme angezogen wurde. Natürlich hätte ich mich auch täuschen können, aber ich wusste einfach, dass sie die Richtige ist. Nur schade, dass wir uns nie näher kennenlernen werden. Das Ziel meiner Mission ist nah, und wenn ich fertig bin, wird meine Geschichte erzählt werden.

Trotz der dunklen Schatten unter den Augen, den blassen Lippen, dem strähnigen Haar, ist sie, wie sie so neben mir liegt, die schönste Frau der Welt. Und es wird Zeit, sie zu erlösen.

KAPITEL VIERZIG

Detroit, einst das Herz der amerikanischen Automobilindustrie, hat in den letzten Jahrzehnten eine bedeutende Transformation durchgemacht. Einst eine blühende Metropole, ist Detroit heute bekannt für seine verlassenen Gebäude. Über diesem Gebiet kreisen im Moment Hubschrauber, Einsatzkräfte fahren in jeden Winkel.

Die verlassenen Gebiete in Detroit haben eine einzigartige und oft melancholische Atmosphäre. Sie erzählen die Geschichte einer Stadt, die einst von industriellem Wohlstand geprägt war und dann einen dramatischen Niedergang erlebte. Die verfallenen Gebäude und leeren Straßen sind stille Zeugen dieser Vergangenheit. Ein perfekter Ort für Kriminelle, um unterzutauchen.

Jetzt ist nicht mehr wichtig, woher der Täter kommt, was sein Motiv ist, wie er an all die Informationen gekommen ist, um sich seine Opfer auszusuchen. Es zählt nur noch, ihn so schnell wie möglich aufzuspüren.

Thomas hat das Signal zuletzt in Delray geortet, das weiträumig gesperrt wurde. Dieses Viertel im Südwesten von Detroit war einst ein dicht besiedeltes Wohn- und Industriegebiet. Heute ist es weitgehend verlassen, mit vielen leer stehenden Bauwerken und einer spärlichen Bevölkerung.

Die verlassene Fabrik in Delray, aus der das Signal kommt, ist umgeben von überwucherten Grundstücken und weiteren leeren Gebäuden. Das Gelände ist abgelegen und nur über eine schmale, kaputte Straße erreichbar.

Es handelt sich um einen mehrstöckigen Backsteinbau mit zerbrochenen Fenstern und teils eingestürztem Dach. Die Fassade ist mit Graffiti bedeckt, und das Haus wirkt von außen heruntergekommen und verfallen.

An mehreren Eingängen, darunter ein großes Rolltor an der Vorderseite, eine Seitentür und ein Notausgang auf der Rückseite, haben sich SWAT-Teams positioniert. Viele Türen sind beschädigt oder stehen offen. Howard ist bei Rick und Steward mitgefahren. Sie springen aus dem Wagen, ausgestattet mit Weste und Waffe, und eilen zum Leiter der Einheit, Marcus Steele.

»Wir haben bereits einen detaillierten Plan des Gebäudes,

Prioritäten sind die Sicherheit der Geisel, Überraschung des Täters und Minimierung von Kollateralschäden«, sagt er knapp und blickt fragend in die Runde.

»Es geht um einen kleinen Jungen und dessen Mutter. Wir müssen unbedingt die Unversehrtheit des Täters sicherstellen, um das Kind zu finden«, sagt Howard knapp, nachdem er sein Team vorgestellt hat.

Steele reicht ihnen Kopfhörer. »Zwei Teams werden eingesetzt. Sie nähern sich von der Vorderseite, während Team Bravo, unsere Leute, die Rückseite sichert. Die Teams bewegen sich leise und nutzen Deckung, um unentdeckt zu bleiben. Drohnen und Überwachungsausrüstung werden eingesetzt, um das Gelände zu beobachten.« Steele spricht wie ein Roboter, ruhig, aber mit einer gewissen Anspannung in der Stimme. Da Howard die Prioritäten festgelegt hat, wird er Steele nicht darauf hinweisen, dass sich seine Leute zurückhalten sollen, sobald einer von seinem zuerst Sichtkontakt zum Täter hat. Mittlerweile kennt er die Vorgehensweise des SWAT, und bislang hat die Zusammenarbeit hervorragend funktioniert.

Howard und seine Leute setzen die Kopfhörer ein. Dann nickt Howard seinem Team zu und wartet auf Steeles Kommando.

Er folgt der Einheit, die durch das große Rolltor ins Erdgeschoss eindringt und sich in die offenen Bereiche der Maschinenräume vorarbeitet. Dabei überprüft er jeden Winkel und gibt ein kurzes Kommando durch.

»Gesichert.« Jeder Muskel ist angespannt, Gänsehaut überzieht seinen Nacken, als er durch die dunklen, verfallenen Gänge zieht. Immer wieder schleicht ein Gedanke durch seinen Kopf. *Was, wenn wir die Unterhose finden? Wenn er mit ihr längst über alle Berge ist?*

Der untere Bereich ist binnen weniger Minuten komplett gesichert, und Howard beschleicht das Gefühl, dass die fiese Vorahnung korrekt ist, dass er mit ihr über alle Berge floh.

Die Teams durchsuchen die oberen Stockwerke Raum für Raum. Die Leute vom SWAT beginnen oben, während Howard, Rick und Steward sich von unten hocharbeiten.

Als sie oben ankommen, beobachtet er die Einsatzkräfte, die mit Spiegel und kleinen Kameras arbeiten, damit sie um die Ecken sehen und durch Türspalte spähen können, bevor sie die Räume betreten. Hier oben weht ihm der Geruch von Exkrementen entgegen. Howard atmet tief durch die Nase, um sich daran zu gewöhnen.

Schließlich winkt einer aus dem SWAT-Team zu ihnen herüber. Eine Tür ist verriegelt, aber eine kleine Kamera unter der Tür lässt auf die Anwesenheit der Geisel und des Täters schließen. Sie positionieren sich und Howard tritt an die Tür.

»Geben Sie auf! Das Gebäude ist umstellt.«

Keine Antwort. Über einen Monitor, den ein Beamter in den Händen hält, beobachtet Howard einen Mann, dessen linker Arm unter Laurens Kinns klemmt. Er wirkt vollkommen ruhig, wohingegen Lauren die Augen aufgerissen hat und Tränen über ihre Wangen laufen.

»Wir können die Tür aufbrechen und Blitzgranaten einsetzen«, sagt Steele über Kopfhörer.

Howard hebt die Hand, als würde der Mann neben ihm stehen. »Nein, noch nicht. Ich bin Special Agent Howard Caspar vom FBI, und das gesamte Gebäude ist umstellt, Scharfschützen zielen direkt in das Fenster. Wenn Sie sich jetzt ergeben und uns die Geisel sowie den Jungen übergeben, werde ich mich persönlich für Sie einsetzen, damit die Strafe abgemildert wird.«

»A…Agent Caspar. Bitte, verschwinden Sie.« Lauren. Stockend unter Schluchzen hört er ganz leise ihre Stimme.

Howard spannt die Muskeln an und geht näher an die Tür. »Lauren, geht es Ihnen gut?«

Nun ist das Schluchzen lauter zu hören. »Bitte… b…bitte, gehen Sie.«

Howard schließt für einen Moment die Augen, dann wendet er sich von der Tür ab. »Ist der Mann bewaffnet?«, fragt er Steele flüsternd.

»Keine Waffen zu sehen, Sir.«

Howard reibt sich über die Narbe und muss aufpassen, dass er sie nicht wund kratzt. Das Surren der Drohnen und die Helikopter draußen nimmt er nicht mehr wahr. Bis auf diese Geräusche ist es absolut still, die Anspannung körperlich spürbar. Als sein Handy klingelt, fühlt es sich an, als würde sein Trommelfell platzen. Er nimmt das Gespräch entgegen und gibt einige Minuten später den Befehl zu stürmen.

KAPITEL EINUNDVIERZIG

Lauren schluckt, denn der Arm auf ihrer Kehle drückt immer wieder so fest zu, dass sie Angst hat, zu ersticken. In seinem Griff kommt sie sich vor wie eine hilflose Puppe. Ihre Füße schmerzen, weil sie, seit sie aus der Klinik geflohen ist, ohne Schuhe und Socken laufen muss. Es ist zwar nicht kalt, aber sie friert trotzdem. Dennoch zwingt sie sich, tapfer zu bleiben. Ohne dass sie die Anweisung dafür bekommen hätte, hat sie den FBI-Agenten weggeschickt, mit ihm gesprochen, auch wenn es sich so feige angehört hat in ihren Ohren.

»Warum machen Sie das?« Das war eine der Fragen, die sie gestellt hat, als sie neben ihm in dem Auto wach geworden war. Er war ihr sofort bekannt vorgekommen, aber sie schaffte es einfach nicht, sich zu erinnern. Es war ohnehin egal, denn er redete nicht mit ihr, lächelte bloß und strich mit seiner Hand über ihr Haar.

»Wo ist Dean? Wann kann ich ihn sehen?«

Wieder dieses Lächeln und der Blick aus dunkelgrauen, traurigen Augen. Er sieht noch so jung aus. So unschuldig. Und dann weiß sie, woher sie ihn kennt, wo sie ihn schon öfter gesehen, aber nie wirklich Notiz von ihm genommen hat, weil er niemand ist, der einem lange im Gedächtnis bleibt. So unscheinbar wie sie selbst. Aber warum?

Lauren versucht, sich zu konzentrieren, zu erinnern, was sie dem Jungen angetan hatte, womit sie diesen Albtraum verdiente. Aber die Situation, dieser Ausnahmezustand, in dem sie sich befand, ließ nicht zu, dass sie sich an die Einzelheiten der letzten Wochen erinnerte. Nicht jetzt. Wenn sie nur etwas mutiger wäre, ruhiger, selbstbewusster, könnte sie ihn bestimmt dazu bringen, mit ihr zu reden, ihr alles zu erklären, aber sie hat so eine große Angst, dass sie den Herzschlag in ihrem Hals spüren kann.

Plötzlich geht alles ganz schnell. Die Tür fliegt krachend auf, helles Licht blendet Lauren, sie spürt etwas Kaltes, Hartes in ihrem Rücken, hört Schüsse. Instinktiv lässt sie sich zu Boden fallen und schließt die Augen. In ihren Ohren piept es, wie nach einem Konzert, das sie zuletzt als Teenager besucht hat. Rauch steigt empor, er brennt in der Nase. Ein Würgereiz überkommt sie und sie beugt sich nach vorn, um auf den Boden zu kotzen. Erst jetzt öffnet sie die Augen. Menschen rennen hin und her, noch immer kann sie nicht richtig hören. Unter das Pfeifen mischen sich Stimmen, die sie nicht versteht. Jemand kniet sich vor sie, es ist der FBI-Agent, der sie befragt hat. Seine Lippen bewegen sich. Lauren schüttelt den Kopf und wendet sich um.

Da liegt er. Ein pennygroßes Loch ist an seiner Stirn zu sehen, seine leblosen Augen starren schräg an die Decke.

»W...wa...was habt ihr getan?« Lauren rutscht zu ihm, rüttelt an seinem Oberkörper, aber er ist tot.

»Ihr habt meinen Sohn getötet!« Sie setzt sich auf den toten Mann und schlägt mit ihren Fäusten auf ihn ein. »Er hat mein Kind, und er ist der Einzige, der weiß, wo Dean ist. Ihr habt ihn getötet. Meinen Sohn.« Lauren sackt zusammen, wehrt sich nicht, als mehrere Arme sie von dem Mann wegziehen und rausbringen.

»Ihr könnt mich direkt auch töten. Es ist sowieso alles egal.« Mit letzter Kraft reißt sie sich los und rast auf irgendjemanden zu, um ihn mit Fäusten zu traktieren. Warum hat man ihr das angetan?

KAPITEL ZWEIUNDVIERZIG

EINIGE STUNDEN ZUVOR

Kathlyn sitzt mit Rachel Cook neben Thomas an einem eigenen Rechner, auf dem Thomas seine Arbeitsplatzumgebung gespiegelt hat, damit sie alle auf die gleichen Datenbanken zugreifen. Während Thomas im Hintergrund mehrere Suchen aktiviert hat, konzentriert er sich mit den beiden Agentinnen auf die Amish. Fast zwei Stunden starren sie schon auf die Bildschirme, machen sich Notizen oder drucken Informationen aus. Kathlyn reibt sich über die Augen.

»Moment!« Cook lehnt sich vor. »Vor zehn Jahren wurde Hariet Miller in das Griffin Memorial Hospital eingeliefert. Es befindet sich in Norman, etwa zwanzig Meilen von Oklahoma City entfernt und bietet psychiatrische Behandlungen und Dienstleistungen für Patienten mit schweren psychischen Erkrankungen an. Hariet Miller wurde aufgrund schwerer dysfunktionaler Störungen von einer Frau namens Meredith Schmidt gebracht. Sie kamen aus der Amish Gemeinschaft in Chouteau im Major County in Oklahoma, und die nachfolgenden Untersuchungen durch die Ärzte im Griffin haben die Sorgen bestätigt, dass Hariet eine Bedrohung für sich selbst und andere darstellt.« Cook scrollt den Bericht auf dem Bildschirm runter und liest weiter. »Sie hatte vor drei Jahren einen Schlaganfall und ist gestorben.«

»Was ist mit dieser Meredith Schmidt?«

Cook öffnet ein anderes Fenster und gibt den Namen und den Ort ein. Bis die Datenbank ein Ergebnis ausspuckt, wendet sich Cook Kathlyn zu. »Die Amish in den USA unterliegen wie alle anderen Bürger den staatlichen Gesetzen und Vorschriften, aber es gibt einige Besonderheiten und Ausnahmen, die ihre Lebensweise und rechtlichen Angelegenheiten betreffen. Sie müssen Steuern bezahlen, Geburten und Todesfälle registrieren lassen, allerdings nutzen sie keine Autos, also sind sie nicht im Verkehrsregister gemeldet. Viele Amish verzichten auf Sozialversicherungsnummern und zahlen keine Sozialversicherungsbeiträge, da sie sich auf ihre Gemeinschaft verlassen, um im Alter oder bei Krankheit Unterstützung zu erhalten. Dafür gibt es spezielle Vereinbarungen mit der US-Regierung.«

»Oh, da ist was.« Kathlyn deutet auf den Bildschirm. »Sie ist also noch am Leben und wohnt weiterhin in Chouteau im Major County.« Kathlyn überlegt einen Moment. »Kannst du mal schauen, ob Hariet Miller einen Sohn hatte und wo er jetzt ist?«

Cook gibt die Abfrage ein, aber es kommt nichts dabei heraus.

»War sie verheiratet?«

»Mit einem Jeremiah Miller.« Cook liest die Informationen und runzelt die Stirn. »Ob er noch lebt, geht hieraus nicht hervor, aber er hat einen Sohn. George Miller. Wieso steht das nicht bei der Ehefrau?«

Kathlyn drängelt sich vor den Monitor. »Geboren 2004. Gibt's was zu ihm?«

Cook tippt den Namen ein, aber es ist nichts zu finden, nicht einmal eine Geburtsurkunde.

Kathlyn streicht sich durch das kurze Haar und lehnt sich auf ihrem Stuhl zurück. »Wir müssen mit Meredith Schmidt sprechen.«

»Als würde die mit uns reden, wenn wir sie anrufen.«

»Bestimmt nicht, da die Amish kein Telefon besitzen.« Kathlyn springt von ihrem Stuhl auf. »Wir fliegen. Ich rufe Stephen an, der soll das schnellstmöglich organisieren.«

Zweieinhalb Stunden später sitzen sie in einem schwarzen SUV und steuern den Wagen Richtung Chouteau.

»Hast du schon was von den Jungs gehört?« Cook sitzt auf dem Beifahrersitz und isst einen Proteinriegel.

»Sie durchsuchen noch das Gebäude, in dem sich das Schlaflabor befindet. Thomas hat aber angerufen und erzählt, dass er den Sender wieder anpingen konnte. Sie sind jetzt mit einem SWAT-Team unterwegs.«

Cook schaut aus dem Fenster, knüllt das Papier zusammen und steckt es in ihre Hosentasche.

»Was ist?« Kathlyn hat das leise Seufzen bemerkt.

Cook blickt sie nicht an. »Ich hoffe, wir kommen hier weiter und dass wir den Fall endlich erfolgreich abschließen.«

Kathlyn erzählt Cook von Howards Theorie, dass alle drei Jungen noch am Leben sind.

»Mhm, das ist ein interessanter Gedanke.« Sie lacht leise. »Ist Agent Caspar unter die Profiler gegangen?« Offensichtlich hat sich Cook ganz genau über ihr Team informiert und aus den vielen Daten heraus geschlossen, dass Howard eher der Macher und kein Analytiker ist.

Wie recht sie doch hat, denkt Kathlyn. Statt Cook auf die Frage zu antworten, deutet sie auf das Navigationssystem. »Wir sind gleich da. Hinter der Kurve da.«

Als sie die Kurve passieren, tauchen sie in eine Welt ein, die sich meilenweit von der Hektik der Großstadt unterscheidet. Staubige Landstraßen führen sie in das Herz dieser friedlichen Gemeinschaft. Beim Einfahren in das Dorf passieren sie gepflegte Felder, wo Männer in Strohhüten mit Pferdegespannen arbeiten. Ihre Kutschen mit schlichten, aber robusten Holzrahmen parken ordentlich entlang der Schotterstraße. Auf einem großen, grasbewachsenen Platz, der als eine Art unbefestigter Parkplatz dient, stellt Kathlyn den Wagen ab. Der SUV wirkt wie ein Fremdkörper zwischen den Pferdekutschen und schlichten Holzwagen. Die Häuser in Chouteau sind schlicht, aber solide gebaut, mit weißen oder pastellfarbenen Fassaden und breiten Veranden. Sie stehen in respektvollem Abstand zueinander, umgeben von gepflegten Gemüsegärten und kleinen Obstplantagen. Rauch steigt aus den Schornsteinen auf, ein Zeichen für die traditionellen Holzöfen, die drinnen in den Küchen und Stuben brennen.

Vor einer der Scheunen, die zur Lagerung von Heu und landwirtschaftlichem Gerät genutzt werden, spielen Kinder in schlichten, altmodischen Kleidern. Ihr Lachen und ihre Rufe erfüllen die Luft, während sie Fangen spielen. Die älteren Kinder helfen den Erwachsenen bei der Arbeit, schneiden Heu oder füttern die Tiere.

Als Kathlyn und Cook vor dem Wagen stehen und sich neugierig umsehen, sind verwunderte Kinderaugen auf sie gerichtet.

Kathlyn und Cooper gehen den Weg entlang, vorbei an einem kleinen Laden, der handgefertigte Möbel und Quilts anbietet. Das Holz, aus dem die Möbel gefertigt sind, riecht frisch und naturbelassen. Ein handbemaltes Hinweisschild verkündet schlicht »Amish Furniture« und darunter »Handmade Quilts«.

Die Menschen hier begrüßen die FBI-Agenten mit höflichem, aber reserviertem Nicken. Ihre Gesichter sind von der Sonne gebräunt, ihre Augen wachsam, aber freundlich. Männer und Frauen, die in traditionellen Amish-Kleidern gekleidet sind, setzen ihre

Tätigkeiten fort, mustern die Neuankömmlinge jedoch neugierig aus den Augenwinkeln. Schließlich kommt ihnen ein Mann entgegen. Sein Gesicht ist freundlich, er wischt seine Hände an der Hose ab und bleibt schließlich in einigem Abstand stehen.

»Was kann ich für Sie tun?«

»Agent Cook und Caspar vom FBI. Wir müssten mit Meredith Schmidt sprechen.«

Er hebt eine Augenbraue, nickt und deutet auf ein Haus, das von einem Garten voller Blumen umgeben ist. Es sieht fast so aus, wie die Legohäuser, die Marcy früher so gerne gebaut hat. Fast unwirklich.

»Vielen Dank, Sir.«

Sie nähern sich dem Haus von Meredith. Der Duft von frisch gebackenem Brot weht durch die Luft, und durch die offenen Fenster hört man das leise Summen einer Frauenstimme. Die Haustür steht offen, ein ungewohnter Anblick, findet Kathlyn. Dennoch treten sie nicht einfach ein, sondern klopfen gegen den Rahmen, um auf sich aufmerksam zu machen. Die Stimme verstummt. Schwere Schritte schlurfen langsam über knirschende Holzdielen.

Als die Frau in den Flur kommt und die beiden fremden Frauen erblickt, richtet sie ihre Haube und fährt mit ihren Händen über die blütenweiße Schürze, um sie zu glätten. Schließlich steht sie vor ihnen, eine ältere Frau, ungefähr sechzig, sonnengegerbtes Gesicht, von Falten überzogen, etwas füllig, aber mit einem strahlenden Lächeln. Sie schiebt eine graue Strähne zurück in die Haube.

»Was kann ich denn für Sie tun?« Sie schielt an ihnen vorbei, als wären da noch weitere Personen. Kathlyn stellt die beiden vor.

»Sie sind Meredith Schmidt?«

Meredith streckt den Rücken durch. »Allerdings, die bin ich.«

»Darf ich Ihnen ein paar Fragen stellen?« Natürlich darf Kathlyn das, aber sie erwartet von der Frau, dass sie die beiden Agents hereinbittet und ihnen nicht feindlich gesinnt ist, daher erwähnt sie Hariet Miller noch nicht.

»Um was geht es denn?«

Naiv ist sie schon mal nicht. Ihr Lächeln ist wie eingefroren. »Nur Routinefragen. Es geht um einen Vermisstenfall.« Kathlyn überkreuzt gedanklich die Finger.

Meredith blickt die beiden nacheinander lange an und nickt schließlich. Erneut wischt sie ihre Hände an der Schürze ab, bittet sie herein und führt sie in den Essbereich neben der Küche. Aus den Augenwinkeln entdeckt Kathlyn einen Plastikbecher von der Art, wie auch Liza sie nutzt. Auf dem Wohnzimmertisch liegen Malhefte und Stifte. Alles ist ordentlich, Kathlyn hätte ihren Haushalt auch gerne so aufgeräumt.

»Möchten Sie etwas Eistee? Ich habe heute früh Kekse gebacken.« Während Cook und Kathlyn sich setzen, bleibt Meredith stehen. Sie fummelt erneut an der Haube herum, wischt sich die Hände ab und wirkt jetzt deutlich nervöser. Entweder das ist ein Tick oder sie hat etwas zu verbergen.

Kathlyn winkt ab, Cook tut es ihr nach. »Nein, danke. Sie haben es wirklich schön hier.«

Meredith nickt und setzt sich auf einen Stuhl ihnen gegenüber.

Kathlyn rutscht nach vorn und legt ihre Hände auf den Tisch. »Miss Schmidt, wir sind wegen Hariet Miller und ihrem Sohn hier.«

Meredith keucht kurz auf und legt die Hände in ihren Schoß. Sie wendet ihren Blick ab und sagt dann mechanisch: »Ich kann Ihnen nicht viel darüber sagen.« Sie senkt den Blick, presst die Lippen aufeinander.

»Nun, wir wissen, dass Sie Hariet Miller vor zehn Jahren in eine Klinik begleitet haben.«

Auf der Stirn der Frau bilden sich Schweißperlen, sie wischt sie fort und legt die Hand zurück in ihren Schoß. »Ich kann mich kaum noch daran erinnern. Ihr ging es nicht gut.« Sie schluckt und leckt sich über die Lippen.

»Wo sind denn Ihre Enkelkinder?« Cooks Stimme klingt interessiert und freundlich, als wolle sie Small Talk mit der Frau betreiben.

Merediths Augenbrauen schießen in die Höhe.

Cook deutet auf den Couchtisch, und erst jetzt bemerkt Kathlyn die Stofftiere auf dem Sofa. Jemand aus der Gemeinschaft muss sie vor langer Zeit handgefertigt haben, denn sie machen den Eindruck als seien sie schon sehr alt und von Generation zu Generation weitergegeben worden.

»Meine …« Sie stottert, räuspert sich und strafft die Schultern. »Die sind spielen. Draußen.«

»Oh, wie schön. Wie viele haben Sie denn?«

Noch einmal schluckt sie, dann senkt sie den Blick. Kathlyn entdeckt eine Träne.

Cook will einen weiteren Vorstoß zum Thema Enkelkinder machen, aber Kathlyn hält sie mit leicht erhobener Hand davon ab. Sanft sagt sie: »Miss Schmidt. Ich spüre, dass Sie etwas bedrückt. Jetzt haben Sie die Gelegenheit, darüber zu sprechen.«

Unterdrückt schluchzt Meredith, fuchtelt mit ihren Händen in ihrem Schoß herum und zieht ein Taschentusch hervor, mit dem sie sich über die Augen tupft.

»Ich weiß nicht … ich …« Weitere Tränen rollen ihre Wangen hinab. Sie beißt sich auf die Unterlippe, tupft über die Augen und putzt sich die Nase. Das Taschentuch knüllt sie zu einer Kugel und lässt es in ihrer Hand verschwinden.

Kathlyn lässt ihr Zeit, auch Cook sagt nichts.

»Ich wollte nichts Böses, nur Hariet helfen, bevor sie verstoßen worden wäre. Das wäre das Schlimmste für sie gewesen, schlimmer als in der Klinik zu sein.«

Das kann Kathlyn nicht nachvollziehen, aber sie sagt nichts, will diesen zerbrechlichen Moment, in dem Meredith sich die Wahrheit von der Seele redet, nicht unterbrechen.

»Sie war wirklich krank. Mitten in der Nacht irrte sie durch das Dorf und schrie. Wenn man herbeieilte, wusste sie nicht, was los war. Sie verletzte sich. Einmal ist sie fast in den Brunnen gefallen, Jeremiah, ihr Mann, hat sie gerade noch festgehalten.« Meredith schweigt einen Moment und starrt an ihnen vorbei. »Nach diesem Vorfall habe ich sie fortgebracht.«

Kathlyn und Cook haken nicht nach. Meredith erweckt den Eindruck, als wolle sie alles loswerden, um sich nicht weiter damit beschäftigen zu müssen.

Sie holt tief Luft. »Sie hat ihren Mann mit einem Küchenmesser erstochen, und ich habe sie morgens gefunden. Meredith heulte und bat mich, ihr zu helfen, Jeremiah zu begraben. Es sei keine Absicht gewesen, sie wäre geschlafwandelt.« Meredith seufzt leise und knetet das Taschentuch in ihrer Faust. »Sie tat mir leid, sie würde verstoßen werden, die Polizei würde kommen, Fragen stellen. Sie hat es doch nicht absichtlich gemacht, verstehen Sie?« Aus rotgeränderten Augen blickt sie nacheinander Kathlyn und Cook an. Beide nicken ihr auffordernd zu. Jetzt holt sie die Taschentuchkugel aus ihrer Faust heraus und beginnt, sie auseinanderzufalten. Dabei blickt sie konzentriert auf das zerknitterte Tuch. »Ich habe versprochen, ihr zu helfen, sobald es dunkel würde, aber dann fiel mir George ein.« Ihre Stimme zittert. »Er war nirgends aufzufinden. Wie vom Erdboden verschluckt. Hariet konnte mir nicht sagen, was passiert ist, wo ihr Junge steckt. Als ich den ganzen Tag nach ihm gesucht habe und von ihr keine Hilfe zu erwarten war, beschloss ich, sie wegzubringen. Es war, als wäre George ihr vollkommen egal. Als wäre alles, was passiert ist, nicht ihr passiert. In der Nacht begruben wir Jeremiah, und danach bin ich per Anhalter mit ihr in die Klinik gefahren.«

Sie ist lange noch nicht fertig, das erkennt Kathlyn am entschlossenen Blick der Frau.

Sie holt wieder Luft. »Ich habe George drei Monate später in einer Scheune im Nachbardorf gefunden. Wir haben Gemüse und Obst und einige selbst gemachte Holzstücke, Pullover und Teller verkauft. Na ja, nicht verkauft, eher eingetauscht gegen Zucker, Medikamente und so was. In dieser Scheune bewahren wir unser Handwerk, Einweckgläser, Marmelade auf. Ich sollte Nachschub holen und fand George. Er war abgemagert, schlug wild um sich, sah grässlich krank aus. Ernährt hat er sich von dem Gemüse, getrunken hat er aus einer Tränke hinter der Scheune.« Sie weint wieder. »Nachdem ich Hariet fortgebracht hatte, habe ich allen erzählt, dass sie, Jeremiah und George die Gemeinschaft verlassen hätten. Ich hätte doch niemals mit diesem verwahrlosten Kind ins Dorf zurückkehren können.« Sie schluckt und tupft mit dem zerknitterten Taschentuch ihre Augen trocken. »Man hätte Fragen gestellt. Also habe ich von einer Telefonzelle anonym den Notruf gewählt. Die Scheune steht etwas abgelegen. Natürlich hat man mitbekommen, dass ein Krankenwagen kam. Einige Tage später kam die Polizei und hat Fragen gestellt. Wie es weiterging, habe ich nicht mitbekommen und ich habe sieben Jahre versucht, das alles hinter mir zu lassen.« Meredith schnäuzt ihre Nase und leckt sich wieder über die

Lippen. »Ich hole mir etwas Eistee. Mein Mund ist ganz trocken.«

Sie nicken und beobachten, wie die alte Frau an der Küchenzeile mit einem Tonkrug hantiert und den Eistee in einen Becher gießt. Sie trinkt zwei Becher hintereinander in je einem Zug aus und kommt anschließend zurück. »Dann tauchte er wie aus dem Nichts auf. George. Er wüsste, was passiert sei, könnte sich an alles erinnern. Er sah fürchterlich aus. Ein blaues Auge, die Lippe war eingerissen, ein Zahn ausgeschlagen. Er wollte mit seiner Mutter sprechen, da habe ich ihm gesagt, sie sei verstorben. Auch wollte er wissen, wo sein Vater beerdigt ist. Ich habe ihm alles erzählt. Daraufhin kam er ins Haus, drängte mich in die Küche, legte seinen Arm gegen meinen Hals und wollte, dass ich ihm helfe, alles wiedergutzumachen. Wenn ich mich weigern würde, würde er alles erzählen.« Sie hebt die Schultern. »Er hat mir gesagt, die Jungen müssten vor ihren Familien beschützt werden.«

Cook hält es nicht mehr aus. »Soll das heißen, er hat Ihnen drei Jungen gebracht?«

Meredith nickt unter Tränen. »Aber ich kümmere mich doch um sie. Sie sind in Sicherheit.«

»Wie haben Sie das denn Ihrer Gemeinschaft erklärt?«

Meredith wendet den Blick ab, als sie weitererzählt. »George hat fast ein Jahr gewartet, bis er mir den ersten Jungen brachte. Bis dahin habe ich im Dorf erzählt, dass ich künftig gerne Pflegekinder aufnehmen will, einfach, weil es mir nicht vergönnt war, selbst

Mutter zu werden, und ich unseren Glauben weiterleben lassen wolle. Es war eine schlüssige Geschichte. George war der angebliche Sozialarbeiter, noch sehr jung, ja, aber es war damit zu erklären, dass er hochintelligent ist und eben sehr früh seinen Abschluss gemacht hat. Niemand hat das je hinterfragt. Warum auch?«

»Hat George Ihnen auch erzählt, was er getan hat, um die Jungen zu bekommen?«

Sie wird blass. »Er hat sie gerettet, rausgeholt aus Familien, die Drogen nahmen, Alkoholprobleme hatten. W...warum, was hat er ...« Die Stimme bricht.

»Er hat die Väter umgebracht. Die Mutter des Jungen, den er zuletzt brachte, ist seine Geisel und wird vermisst. Deshalb müssen wir unbedingt wissen, was er möglicherweise vorhat. Wo sind die Kinder jetzt?« Kathlyn schwirrt der Kopf. Es ist ihr unbegreiflich, wie Meredith dieses Theater mitmachen konnte, ohne mehr zu hinterfragen. Dass sie nichts von der landesweiten Suche mitbekommen hat, hier in der Abgeschiedenheit ohne Fernseher, abgeschnitten von der Außenwelt, das versteht Kathlyn sogar, aber diese Naivität dieser Frau kann sie nicht nachvollziehen.

Kathlyn steht auf. »Ich muss kurz telefonieren, Miss Schmidt. Cook, kümmere du dich um die Kinder und lass dir so viel wie möglich über George erzählen.« Eigentlich geht sie davon aus, dass Meredith selbst so gut wie nichts über ihn zu sagen hat. Wenn Sie ihn festgenommen haben, können Sie ihn befragen, aufarbeiten, wie er all die Jahre unter dem Radar bleiben konnte und sein Motiv für die Taten ergründen.

Als sie zurück beim Auto ankommt, prüft sie zunächst, ob sie hier überhaupt Netz hat. Die Abdeckung ist erstaunlich gut, die Balken sind vollständig ausgefüllt, als sie die Kurztaste für Howard wählt und wartet. Er geht sofort ran.

»Wir haben die Jungen«, sagt sie. Für mehr ist später noch reichlich Zeit, diese Information ist aber momentan die einzig wichtige, deshalb beendet sie das Gespräch und lehnt sich mit einem Seufzer gegen die Motorhaube.

KAPITEL DREIUNDVIERZIG

Wie viel Zeit ist vergangen? Minuten, Stunden, Tage? Ein frischer Windhauch weht ihr um die Nase, das Rauschen in ihren Ohren fühlt sich an, als wäre ihr Kopf unter Wasser. Lichtblitze zucken noch immer vor ihren Augen, und in den Schläfen kündigen sich Kopfschmerzen an. Irgendjemand fragt sie etwas, aber sie antwortet nicht. Es ist ohnehin sinnlos. Sie kann nichts dazu sagen, weder zu dem Kerl aus der Bibliothek noch dazu, wie sie überhaupt hierhergekommen ist. Wo auch immer *hier* ist. Sie wird weggeführt, jemand hilft ihr in einen Wagen, Krankenwagen, wo sie behutsam auf eine Trage gesetzt wird. Sie spürt einen Stich in der Armbeuge, ein Ziehen am anderen Arm, als würde jemand ihn zusammenquetschen.

Das Leben ist vorbei. Wie soll sie ohne Dean weitermachen? Sie hat doch alles getan, was er verlangt hat. Warum wurde er erschossen? Hat man Dean gefunden? Tot, zerstückelt und in den Fluss geworfen?

»... hören Sie mich, Miss Riggs?« Die Stimme kommt von so weit weg, Meilen von ihr entfernt, von der Oberfläche, während sie in dunklen Tiefen versunken ist und nichts mehr hören kann.

»Wir müssen Sie verarzten ...«

»Es ist wichtig, sie muss etwas wissen... »

Leiser, immer leiser, die Blitze verschwinden langsam, weichen der Dunkelheit, die sie überkommt. Die dankbare, endlose Finsternis, aus der sie nie mehr erwachen will.

Doch sie wird wieder wach, schlägt die Augen auf, weiß noch immer nicht, wie viel Zeit vergangen ist. Sie muss bewusstlos geworden sein, denn jetzt liegt sie in einem Bett. Sie ist in einem Krankenhaus. Die Blitze zucken nicht mehr vor ihren Augen, auch hört sie wieder, wenn auch ein leises Summen da ist, aber zumindest sind da Stimmen bei der Tür. Im Rahmen steht eine Pflegerin, die mit dem FBI-Agent spricht, der sie verhört hatte. Sie fand ihn nett, oder? Die Pflegerin verlässt das Zimmer, der Agent macht einen Schritt zur Seite, und die nette Frau, die ihr diese Tipps gegeben hat, wie man sich erinnern kann, tritt ein. Sie trägt etwas im Arm. Lauren wirft die Decke von sich und will aus dem Bett steigen.

»Ich komme zu Ihnen, Miss Riggs. Sie wollen doch nicht den Zugang an Ihrem Arm abreißen.«

»Oh mein Gott. Dean!«

»Mummy«, sagt er leise und streckt die Arme nach ihr aus.

Die Agentin setzt den Jungen auf das Bett und Lauren umarmt ihn, so fest sie nur kann. »Ich träume nicht, oder?«

»Mummy, das tut weh«, nuschelt er an ihrer Brust.

Sie lockert die Umarmung, obwohl sie ihn am liebsten nie wieder loslassen würde. »Jetzt wird alles gut. Wir beide schaffen das.«

KAPITEL VIERUNDVIERZIG

EINIGE TAGE SPÄTER

Die Kinder sind im Bett – endlich, Liza und Marcy haben sich benommen, als wären Howard und Kathlyn monatelang fort gewesen –, und Howard streicht Kathlyn durch das kurze Haar, während sie mit ihrem Kopf auf seinen Beinen auf der Couch, mit einem Glas Wein in der Hand liegt.

»Ich bin völlig erledigt.« Sie trinkt einen Schluck und dreht das Glas hin und her.

»Frag mich mal. Ich habe das Gefühl, wir hätten irgendetwas Wichtiges vergessen.« Howard lacht leise.

»Der Killer ist tot, die Kinder in Sicherheit, How. Etwas noch Wichtigeres in dem Fall gibt es nicht.« Sie richtet sich auf und stellt das Glas auf den Couchtisch. »Wir kennen das wahre Motiv nicht«, sagt sie und zuckt mit den Schultern. »Scheiß doch drauf.«

»Das nicht, aber wir sind ihm schon ziemlich nah gekommen.«

Das Verhaltensanalyseteam hat mit Joshua

gemeinsam das Profil, so gut es ging, ergänzt und final abgeschlossen. Mit den Informationen durch die Aussagen von Meredith Schmidt wurde das Bild weitestgehend rund. Thomas hatte mit Rick noch ein paar fehlende Puzzlestücke hinzugefügt.

Tatsächlich hatte Miller in jeder Stadt in der hiesigen Bibliothek als studentische Aushilfe gearbeitet. Er war hochbegabt und hat sich selbst den Umgang mit Computern beigebracht, mit fünfzehn hat er seine ersten Hacks durchgeführt, doch er ist nie erwischt worden. Das waren die einzigen Informationen zu seiner Vergangenheit, die Miller Meredith erzählt hat. So war es ein Leichtes für ihn, sich mit einem falschen Ausweis und falscher Identität als Student einstellen zu lassen und sich als Aushilfe um die IT-Anlagen der Bibliothek zu kümmern. In Oklahoma City und Illinois hat er sämtliche digitalen Spuren erfolgreich vernichten können, da die Taten zu lange zurücklagen, aber in Detroit hat Thomas mehr als die Hälfte retten können, woraus sie Millers Vorgehensweise ermittelt haben.

»Sie war ihm so nahe«, sagt Kathlyn plötzlich nachdenklich und schlägt ihre Beine übereinander.

Wie man so dasitzen kann, ist Howard immer wieder unbegreiflich. Er ist zwar sportlich, aber diese Art von Dehnung ist wohl nur Frauen vorbehalten. »Und hat es einfach nicht richtig realisiert.« Aus traurigen Augen sieht sie Howard an, der sie in seine Arme zieht.

»Echte Soziopathen können, wenn es in ihren Plan

passt, absolut unsichtbar, beinahe unscheinbar sein. Sie hat ihn sicherlich gesehen, aber nicht weiter beachtet, genau wie er es wollte.« Howard ist unbemerkt ins Profiling gegangen, aber Kathlyn ist so in ihre Gedanken versunken, dass ihr diese Kleinigkeit nicht auffällt.

»Und dann nahm er auch noch Kontakt auf und hat das Clonazepam hinter einem Buch für Schlafstörungen hinterlegt.« Kathlyn schüttelt den Kopf.

»Was ich nicht kapiere, ist die Tatsache, dass er den Frauen Medikamente gegen ihre Störung besorgt und sie versorgt hat, wobei er doch genau wusste, dass die Frauen nicht mehr schlafwandeln und ehrlich gesagt, ist es schon etwas dumm, eine Tablette zu ...«, er malt Anführungszeichen in die Luft, »vergessen, damit sie gefunden wird, aber die anderen mitzunehmen.« Howard hat sich mittlerweile zusammengereimt, warum der Täter die vielen kleinen Spuren platziert hat, aber er hält seine Theorie zurück, da sie eigentlich bereits von Cook, Gardner und Steward beantwortet wurde. Und weil er nun mal nicht zum Profiling-Team gehört.

Kathlyn löst sich aus der Umarmung und greift nach ihrem Weinglas. »Das sagte Joshua doch, dass Miller gefasst werden wollte. Er hat Reue gezeigt, als er die Hände der getöteten Männer über den Bäuchen verschränkte, machte auf sich als Täter aufmerksam, indem er sich als Amish verkleidete, ja und hat eine Tablette vergessen, damit man daraufkommt, dass die Frauen unschuldig sind.« Sie nippt an ihrem Glas und sieht ihn traurig an. »Leider hat es bei den ersten beiden Opfern nicht funktioniert. Die Verbindungen haben sich erst bei Lauren Riggs offenbart.«

»Deshalb war die Waffe, die er auf sie gerichtet hat, nicht geladen. Er wollte sterben, er ahnte, dass wir ihm auf die Spur gekommen sind und die Kinder rechtzeitig finden würden. Selbst, wenn er mit dem Gedanken gestorben ist, dass sie niemals gefunden werden, wusste er doch, dass sie in Sicherheit sind. Und ...«, Howard reibt sich über die Narbe, »ich glaube sogar, dass er wusste, dass wir den Aufenthaltsort kennen, denn andernfalls hätten wir ihn niemals getötet, sondern nur verletzt. Er war wirklich sehr schlau.«

»Na ja, so schlau nun auch wieder nicht. Immerhin hat er die Tat seiner Mutter nachgestellt, aus Rache dafür, dass sie ihn monatelang im Stich gelassen hat.«

Nun zuckt Howard mit den Schultern. »Sie war tatsächlich psychisch krank. Zusätzlich zu ihrer REM-Schlafstörung litt sie noch an einer Borderline-Persönlichkeitsstörung, laut ihrer Krankenakte. Das konnte Meredith Schmidt natürlich nicht wissen, aber sie sah keine andere Möglichkeit, ihre Freundin zu beschützen.«

In den folgenden Wochen wird Meredith formell angeklagt, und schon jetzt zieht der Fall viel Medienaufmerksamkeit auf sich. Die Staatsanwälte berücksichtigen natürlich die Berichte des FBI-Teams, das sowohl ihre Vergehen als auch ihre komplexe moralische Lage darstellen.

Merediths Verteidigung wird argumentieren, dass sie in einer verzweifelten Situation gehandelt habe und versuchte, das Beste für die Kinder zu tun. Sie werden ihre lange Geschichte als fürsorgliches Mitglied der Gemeinschaft betonen und die Tatsache, dass sie unter Druck gehandelt habe.

Kathlyn gähnt, stellt den Wein zurück auf den Tisch und dreht sich müde lächelnd zu ihm. »Ich finde es richtig gut, dass du Cook und Steward ins Team geholt hast.«

Howard grinst und streicht ihr eine Strähne aus dem Gesicht. »Ich bin verdammt froh, dass sie zugestimmt haben.«

Sie schlingt die Arme um seine Brust und sieht zu ihm auf. »Ich mag beide. Aber Cook ist richtig cool.« Sie gähnt noch einmal. »So, und ich muss jetzt schlafen.«

Er lacht leise. »Die Messer sind weggeschlossen.«

Kathlyn boxt ihn spielerisch gegen die Brust.

KAPITEL FÜNFUNDVIERZIG

EINIGE WOCHEN SPÄTER

Wenn sich eine Tür schließt, öffnet sich eine andere.

Lauren Riggs hielt diese Phrase bislang lediglich für einen dummen Kalender- oder Glückskeksspruch. Und eigentlich müsste diesem kurzen Satz noch eine seitenlange Erklärung beiliegen, denn man kann ihn einfach jemandem sagen, oder aber man kann ihn am Ende in all seinen Facetten verstehen.

Sie hätte Steven niemals den Tod gewünscht oder sich von ihm getrennt, obwohl sie ihn nie wirklich geliebt hat. Vielleicht wird sie nie richtig lieben können, aber inzwischen weiß sie, dass ihre Beziehung auf Abhängigkeit basierte. Sie fußte nicht auf Respekt, Freundschaft, wahrer Liebe, nein, nur auf der vollkommenen Abhängigkeit und dem Glauben daran, dass sie es nicht anders verdient hätte.

Lauren wird noch Monate, vielleicht Jahre brauchen, um eine eigene Persönlichkeit zu entwickeln und alles zu verstehen, was in den vergangenen Jahren vorgefallen war, aber sie ist bereit, diese Schritte zu gehen. Für Dean. Er soll wissen, wie die Welt wirklich aussieht. Nicht jetzt, aber mit ihr fängt alles an, Lauren ist die Referenz, an der er sich orientieren kann.

Die Lebensversicherung, die Steven abgeschlossen hat, hat Lauren sich zwar auszahlen lassen, aber die Summe komplett an eine Hilfsorganisation gespendet, die jungen Ausreißern, Kindern aus Drogenfamilien und Missbrauchsopfern hilft, wieder auf die Beine zu kommen. Sie will kein Geld, nichts mehr von Steven haben, selbst, wenn sie bei null anfangen muss.

Aber, wie der Spruch besagt, eine andere Tür öffnet sich. Eine Streamingplattform zeigte Interesse an dieser Story, und außerdem trat ein Verlag an sie heran, um ihre Geschichte zu vermarkten.

Nachdem Lauren mit ihrem Anwalt Tyler Lewis gesprochen hatte, der sich zwar nicht mit Medienrecht auskennt, aber entsprechende Kontakte für sie auftat, wird sie künftig für sich und ihren Sohn selbst sorgen und sich Schritt für Schritt ein neues Leben aufbauen.

Wo auch immer das sein wird. Der Ort ist nicht wichtig.

Sie beobachtet, wie die dunkelrote Sonne das Meer berührt und Stück für Stück von ihm verschlungen zu werden scheint.

Dean liegt in ihren Armen, schläft längst, seine Decke zwischen ihnen und einen Zipfel im Mund.

»Es wird großartig werden, Dean«, flüstert sie und streicht ihm unentwegt durch die Haare.

EINE BITTE

Liebe Leserin, lieber Leser,

das war es, das vierzehnte Buch aus der Howard-Caspar-Reihe. Ich hoffe, es hat Ihnen so viel Freude bereitet, es zu lesen, wie mir, es zu schreiben.

Als ich vor knapp sieben Jahren den ersten Teil »Wie sehr willst du leben« veröffentlicht habe, dachte ich nicht annähernd daran, dass so viele Menschen meine Bücher lesen werden. Herauszufinden, wie »Gut oder Böse« interpretiert wird, hat mich schon immer sehr fasziniert. Den Täter zu Wort kommen zu lassen, mit ihm zu fühlen, verständnislos den Kopf zu schütteln und am Ende darüber nachzudenken, warum man sich für eine Seite entscheidet, ist hierbei nicht der Punkt. Viel wichtiger ist, ob etwas dazwischen existiert, wie man damit umgeht.

Natürlich lesen Sie ein Buch, um vom Alltag abzuschalten. Deshalb verpacke ich manche Wertvorstellungen in einen lesbaren Plot, den Sie, liebe Leserin, lieber Leser, am Ende in der Hand halten. Und ich wünsche mir natürlich, dass ich Sie gut unterhalten konnte.

Es ist nicht sicher, wer der wahre Täter ist. Die Frau, Lauren Riggs oder ein Fremder, der sich einer seltenen Schlafkrankheit als Motiv bedient. Es war eine wahre Freude, hinter die Kulissen einer normal wirkenden Ehe zu schauen und Geheimnisse zu ergründen, die besser verborgen bleiben. Oder?

Es kommen nun die wichtigsten Menschen dran, ohne die Sie, liebe Leserin und lieber Leser, dieses Buch gar nicht in der Hand halten würden. Ich möchte mich bei allen Leserinnen und Lesern bedanken, die meine Bücher in den sozialen Medien immer wieder empfehlen, Aktionen veranstalten, daraus vorlesen und einfach begeistert sind. Es ist großartig, dass es noch so viele Menschen gibt – junge und alte –, die gerne lesen und in Geschichten abtauchen, die sie von ihrem Alltag ablenken. Würde es sie nicht geben, gäbe es auch keine Bücher von mir zu lesen.

Falls Sie jetzt erst eingestiegen sind, freue ich mich, wenn Sie auch die Thriller aus der anderen Reihe lesen möchten.

Ein besonderer Dank geht an die vielen Blogs,

deren Betreiber sich sehr viel Mühe geben, meine Bücher zu präsentieren. Schauen Sie doch mal dort vorbei:

https://www.facebook.com/susisleseecke/
https://www.facebook.com/Recensioonline
https://www.facebook.com/ThrillJunkie
https://www.facebook.com/ohnebuecherohneuns
https://www.facebook.com/buchSUCHTblog
https://www.facebook.com/buecherelefant
https://www.facebook.com/leseschmaus
https://www.facebook.com/unterdiehautblog

Seit einigen Monaten bin ich Mitglied der Facebook-Gruppe PAINAUTHORS. Neben vierzehn großartigen Thriller-Autoren, die Sie als Leserin und Leser bestens unterhalten, finden Sie auch spannende Informationen über mich.

https://www.facebook.com/groups/
736152740169111/

Danke an meine unermüdlichen Testleserinnen Annika Schmidt und Bettina Reitz. Danke Annika für die Gespräche, für deinen scharfen Leserblick. Danke Bettina Reitz, vielen Dank für deine ehrliche Meinung zu meinen Büchern.

Diesmal sind noch einige wenige Personen in das Vorableteam gestoßen: Carmen Heiser, Heidi Degens,

Nicole Beisel, Nadine Schäfer, Annette Friedrich, Bärbel Zimmer und Elisabeth Sauerbaum.

Damit die Bücher auch einen Sinn ergeben, danke ich auch meiner Lektorin und dem Korrekturteam, die seltsame Sätze lesbar machen. Falls sich doch noch etwas merkwürdig liest, übernehme ich die Verantwortung.

Natürlich geht es auch mit Howard Caspar weiter, und sicherlich wollen Sie wissen, welchen Fall das Team im nächsten Band lösen muss. Ich habe natürlich schon eine Idee ... Mehr Informationen erhalten Sie, wenn Sie mir auf Facebook folgen. Sie bekommen es zuerst mit – versprochen! Oder Sie folgen mir auf Amazon und abonnieren meinen Newsletter, um Sonderaktionen auf gar keinen Fall zu verpassen.

Ich würde mich über eine ehrliche Bewertung auf Amazon sehr freuen. Gerne können Sie mich auch kontaktieren, wenn es Ihnen nicht so gut gefallen hat.

Ich freue mich auf Sie. Bleiben Sie bitte gesund.

Im Anschluss folgt noch eine Leseprobe zum fünften Violent-Crime-Fall, der bereits veröffentlicht ist und Sie vielleicht ebenfalls interessiert.

Ihr Andrew Holland

SIE WAREN NIE FORT

LESEPROBE

Am Ufer des Potomac River südöstlich in Washington D.C. wird die Leiche einer jungen Frau angespült. Bei der Untersuchung des Tatorts stellt das Team um Detecive Vincent Callum fest, dass der Mord möglicherweise mit den Taten eines früheren Serienmörders in Verbindung stehen könnte. Die Ermittler sind sich sicher, dass der Killer zurückgekehrt ist und erneut zuschlägt.

Zwischenzeitlich erhält Vincent eindeutige Spuren, die ihn zu seiner verloren geglaubten Schwester führen könnten. Auf eigene Faust geht er den Hinweisen nach und als er tiefer in den Fall eintaucht, stößt er auf ein verstörendes Netzwerk aus Korruption und Verschwörung.

Je näher er der Wahrheit kommt, desto größer wird die Gefahr für ihn. Er wird von mächtigen Kräften ins Visier genommen, die alles tun, um ihre Geheimnisse zu verbergen.

Ist seine totgeglaubte Schwester nach all der Zeit noch am Leben?

LESEPROBE KAPITEL 1

Das Fischerboot schaukelt sanft auf den Wellen des Potomac River, während die Sonne langsam aufgeht.

Kevin Curtis wirft den Köder an seiner Angel ins Wasser, während sein Sohn James am Steuer steht und sich auf die Navigation durch die trüben Gewässer konzentriert. Eine Wollmütze, Parka und Handschuhe schützen Kevin vor dem eisigen Wind und trotz Kälte fühlt er sich warm und zufrieden, denn der Ausflug mit seinem ältesten Sohn ist schon viele Male ins Wasser gefallen. James hat durch seine Tätigkeit als Rechtsanwalt einer renommierten Kanzlei wenig Zeit. Zudem will er bald heiraten und die Planungen und Vorbereitungen hatten in den letzten Monaten viel Zeit in Anspruch genommen. Kevin hat natürlich Verständnis, war dennoch über jede Absage enttäuscht. Umso mehr hat ihn gefreut, dass der heutige Ausflug kurz nach Neujahr in die Pläne seines Sohnes passte. Da seine anderen beiden Söhne kurz nach ihrem Collegeabschluss in andere Bundestaaten gezogen waren und seit Ruth, seine geliebte Frau im letzten Jahr ihrem Krebsleiden erlag, ist der Kontakt zu James wichtiger geworden als je zuvor. Auch, wenn sie sich nur selten sehen, telefonieren sie doch regelmäßig. Kevin lächelt, als er die Angelschnur etwas einzieht und beobachtet, wie der Köder auf den Wellen hin und her tanzt.

Plötzlich bemerkt er etwas, das wie Treibholz aussieht, aber als sich das Boot nähert, realisiert Kevin, dass es sich um eine menschliche Leiche handelt. Kevin versteift sich und hängt die Angel in eine Vorrichtung. Dann springt er auf. »Da ist eine Leiche«, brüllt er James zu und ergreift das Steuer. »Hol die Angel ein. Ich führe das Boot näher ran.«

James starrt zum Wasser und bleibt wie erstarrt stehen. »Mach schon, Junge«, ruft er seinem Sohn zu.

James holt die Angel ein und hilft seinem Vater, das Boot näher an den Fundort heranzuführen. Im Wasser treibt leblos die Leiche einer Frau.

Kevin setzt den Anker und zieht anschließend James von der Reling. »Ruf die Polizei an und gebe ihnen unsere Koordinaten durch.« Er wirft noch einen kurzen Blick auf die Leiche. Der Körper ist aufgedunsen und treibt dem Gesicht nach oben. Ihre Haut schimmert blass gegen das dunkle, trübe Wasser und wirkt schrumpelig, wie abgezogen. In den Haaren haben sich Algen verfangen. Sein Magen dreht sich, und er wagt nicht länger hinzusehen, aus Angst, der Inhalt seines Frühstücks – bestehend aus Speck und

Rühreiern – würde aus seinem Mund sprudeln. Kevin schluckt mehrmals in der Hoffnung, die Speichelansammlung damit in den Griff zu bekommen.

Schließlich geht er zurück zum Steuer, um das Boot gegen die Strömung zu drücken, um sicherzustellen, dass sie nicht verloren geht und wartet auf die Polizei.

LESEPROBE KAPITEL 2

Nach den Feiertagen hat Vincents Team sich mit Abschlussberichten zum letzten Fall, bei dem mehrere jungen Frauen auf tragische Weise ums Leben kamen, beschäftigt. Manche Fragen dazu sind offengeblieben, da der Täter nicht lebend festgesetzt werden konnte. Die interne Abteilung, Internal Affairs Division, saß ihm außerdem im Nacken.

Diese Abteilung ist für die Untersuchung von Fehlverhalten, Disziplinarverfahren und Strafverfahren von Polizeibeamten zuständig. Die Vorgehensweise der Internal Affairs Division hängt von den Umständen des Falls ab. In der Regel beginnt die Untersuchung mit der Sammlung von Beweisen und Zeugenaussagen, einschließlich der Aussage des betreffenden Detectives. Anschließend werden diese Beweise und Aussagen sorgfältig ausgewertet, um festzustellen, ob der Detective in irgendeiner Weise gegen das Gesetz oder gegen interne Regeln oder Vorschriften verstoßen hat.

Wenn ein Fehlverhalten festgestellt wird, kann die Internal Affairs Division eine Reihe von Maßnahmen ergreifen, wie beispielsweise eine interne Untersuchung, eine Disziplinarmaßnahme oder sogar die Einleitung eines Strafverfahrens gegen den betreffenden Detective. Die genauen Schritte, die von der Abteilung für interne Angelegenheiten unternommen werden, hängen von den Umständen jedes einzelnen Falls ab.

Dieser lag allerdings klar auf der Hand, Zeugen haben für Vincent ausgesagt, unter anderem Alexandra Saunders, die ohne ihn vermutlich getötet worden wäre. Für die Dauer der Untersuchungen hatte Vincent die Waffe, mit der der Schuss abgeben worden war, ausgehändigt und wurde zu Büroarbeit verdonnert. Da es ohnehin keine aktuellen Fälle zu bearbeiten gab, nur Bürokram zu erledigen war, war die Auszeit vom Außendienst nicht weiter schlimm. Die Angelegenheit war schnell untersucht und zum neuen Jahr die Anschuldigungen zu den Akten gelegt.

Vincent hatte außerdem die Zeit genutzt, um Lance Norris, dem Technikprofi seiner Abteilung, in einer privaten Angelegenheit um Hilfe zu bitten. Vor fünfunddreißig Jahren verschwand seine Schwester im Alter von acht spurlos aus ihrem Zimmer und wurde nie gefunden. Sämtliche Ermittlungen liefen ins Leere. Ihre Entführung hat tiefe Verletzungen innerhalb der

Familie hinterlassen und irgendwann ging man davon aus, dass sie nie wieder zurückkehren werde. Seit ungefähr einem Jahr jedoch erhält Vincent Anrufe. Jemand gibt sich als seine Schwester aus, spricht ihn sogar mit seinem Kosenamen an, den sie ihm gab und den nur sie kennt. Bislang hat Vincent noch nicht herausgefunden, was es mit den Anrufen auf sich hat, auch, ob sie echt sind, oder es sich zum einen grausamen Streich handelt, denn sie sind nicht zurückverfolgbar. Dennoch versucht es Vincent immer wieder, über seine Technik Abteilung den Standort des Anrufers zu ermitteln, auch wenn er nicht mehr daran glaubt, dass Maureen noch am Leben ist. Tief in seinem Herzen hofft er es, aber er hat es seit die Anrufe angefangen haben, immer wieder geschafft, sich von ihnen nicht zu sehr ablenken zu lassen.

Bevor er am ersten Morgen nach Neujahr in sein Büro geht, stattet er Lance einen Besuch ab. Er erwartet nicht, dass dieser Neuigkeiten hat, umso überraschter ist er, dass Lance ihn bittet, einzutreten.

Mit einem plötzlichen engen Gefühl in der Brust folgt er Lances Einladung, der Vincent einen Stuhl anbietet. Vincent ist kurz davor, einfach zu fliehen, irgendwo hin, aber er setzt sich, hält kurz den Atem ab und weicht Lances Blick aus.

»Der Anruf kam mutmaßlich von den karibischen Inseln. Ich probiere die Daten noch einzukreisen – es kann sich durchaus um ein Onion Routing halten, so dass der Anruf erst durch mehrere Server ging – aber dem kann ich nachgehen.«

Vincent versteht kein Wort, während Lance auf seinem Bildschirm auf eine Weltkarte deutet und Pfeile und Linien nachfährt.«

»Du weißt, davon habe ich keine Ahnung«, sagt Vincent.

Lance wendet sich ihm zu und sieht ihn mit einem Blick an, den Vincent bereits kennt und von dem er ahnt, dass Lance jeden Moment fachsimpeln wird, um ihm alles zu erklären.

»Onion routing ist eine Methode zur anonymen Kommunikation im Internet, die von dem Tor-Netzwerk verwendet wird. Bei der Onion-Routing-Technologie wird der Datenverkehr in mehrere verschlüsselte Schichten verpackt, wobei jede Schicht eine andere Verschlüsselung verwendet.

Wenn ein Nutzer eine Anfrage über das Tor-Netzwerk sendet, wird diese durch mehrere Tor-Server geleitet, wobei jeder Server eine weitere Schicht an Verschlüsselung hinzufügt und die Daten weiterleitet. Jeder Tor-Server in dieser Kette entfernt jeweils …«

Vincent hebt eine Hand. »Stopp.« Er lächelt gequält. »Nicht böse sein, aber das sind mir zu viele Informationen, die ich mir ohnehin nicht merken kann.«

Lance verschränkt die Arme. »Na schön. Was willst du also wissen?«

»Wie lange brauchst du, bis du den Standort hast?«

Lance legt einen Finger an die Lippen und schaut

nachdenklich nach oben. »Es kann sein, dass ich den genauen Standort nicht herausfinde, aber ich kann es näher eingrenzen. Und dir sagen, ob ein Tor-Netzwerk genutzt wurde. Ist das einfach genug?« Lance lächelt ihn herausfordernd an.

»Danke, ja«, sagt Vincent und lächelt ihn schief an.

»Mir ist noch etwas eingefallen«, Lance zupft an seinem Pferdeschwanz. »Das ist eigentlich noch alles in der Testphase, deshalb will ich dir keine Hoffnungen machen, aber, hast du zufällig einen Mitschnitt des Telefonats gemacht?«

»Hm«, überlegt Vincent. »Ich glaube nicht.«

Lance macht eine wegwerfende Handbewegung. »Falls du zufällig eine Aufnahme deiner Schwester vor der Entführung hättest und wir anhand einer Stimmanalysesoftware mit einem Mitschnitt vergleichen könnten, wäre es durchaus möglich, herauszufinden, ob es die gleichen Personen sind.«

»Ich habe tatsächlich frühere Aufnahmen von ihr. Wir haben oft Radiomoderator gespielt und Songs auf Kassette anmoderiert.«

Lance sieht ihn belustigt an. »Das ist bestimmt lustig. Du als kleiner Junge, der Moderator spielt«, sagt er.

»Ich müsste die Kassetten suchen, aber ich bin sicher, dass ich sie noch irgendwo habe.« Vincent blickt nachdenklich zur Decke. »Aber dann haben wir immer noch keinen Mitschnitt.«

Lance dreht sich plötzlich zu seinem Monitor und tippt auf der Tastatur herum, während er gedankenverloren vor sich hinmurmelt. »... da war doch ... Moment ... mhm ...«

Vincent überlegt, wo er die Kassetten haben könnte, als sich Lance wieder umdreht. »Ich muss was nachprüfen, aber wenn ich recht habe, sollte ein Mitschnitt kein Problem sein.«

»Wie soll das gehen?« Vincent ist mit seinen Gedanken noch bei dem Verbleib der alten Tonaufnahmen.

Lance grinst. »Lass mich mal machen. Ich melde mich. Und du besorgst mir die Radiomoderation.«

Wenig später ist er über das Treppenhaus auf dem Weg ins Büro und denkt kurz über die Informationen nach.

Jungferninseln? Warum kommt es ihm vor, als hätte sich dort vor Jahren etwas Grauenhaftes zugetragen? Ihm fällt nicht ein, was es war und betritt wenig später das Büro.

»Gut, dass du da bist. Wir haben eine Leiche«, sagt Bryan Gorshaw. Irgendwie hat Vincent den Eindruck, sein Partner hätte ein paar Pfund abgespeckt. Dadurch wirkt er etwas lebendiger, zumindest im Gesicht fällt ihm eine Veränderung auf.

Vincent will die Jacke aufhängen, aber Valerie hindert ihn. »Unser Typ ist gefragt. Wir sollen zum Georgetown Waterfront Park am Potomac River kommen.« Sie greift energisch nach seinem Arm und führt ihn in den Flur. Während sie zum Fahrstuhl gehen, erläutert sie ihm kurz, was passiert ist. Eine Frau wurde in den frühen Morgenstunden in der Nähe des Ufers von zwei Anglern in einem Fischerboot entdeckt. Als kurz darauf die Polizei mit einem Ermittlerteam eintraf, kam der Verdacht auf, dass es sich um einen Nachahmer des Potomac-Killer handeln könnte.« Sie steigen in den Fahrstuhl. Valerie wählt das Parkhaus und die Türen schließen sich.

»Warum kamen die darauf?«

»Die Hände fehlten und sie hatte einen Strick um den Hals. Das war das Markenzeichen des Serienkillers, der gefasst wurde und in einem Hochsicherheitsgefängnis seine Strafe absitzt. Und nein«, wendet sie ein, als er die Vermutung hat, dass dieser geflohen sein könnte, »er sitzt noch immer brav ein. Der Fall liegt etwa drei Jahre zurück.«

Als die Türen des Aufzugs sich öffnen und sie zu Vincents Wagen gehen, fragt Vincent: »Warum hat man uns eingeschaltet und nicht das FBI. Ich gehe davon aus, dass dieser Fall von denen bearbeitet wurde.«

Valerie nickt, als sie die Beifahrertür öffnet und sich hineinsetzt.

Erst als er auch hinter dem Lenker sitzt. Dann starrt sie ihn verwundert an. »Weil der Killer eingebuchtet wurde vielleicht?«

Vincent legt den Rückwärtsgang ein und verlässt das Parkhaus.

»Das ist mir schon klar«, lacht er und fädelt sich in den Verkehr ein. »Mich wundert es nur, dass ...« Er macht eine wegwerfende Handbewegung. »Weißt du was, vergiss es.«

Keine Stunde später stellt Vincent seinen Wagen an der Absperrung zum Fundort ab, weist sich und Valerie aus und folgt dem Weg bis er am Ufer Nick Travis, Gerichtsmediziner aus seinem Team, entdeckt. Die Rasenfläche um den Fundort ist zugestellt mit Fahrzeugen von der Ambulanz und Spurensicherung. Terry Sticker ist dann also bereits da. Auf der Ladefläche des Krankenwagens erkennt er zwei Personen, die blicklos in die Gegend starren.

Vincent nickt in die Richtung. »Kümmere du dich um die beiden Angler, die die Leiche entdeckt haben«, sagt er zu Valerie und geht runter zum Ufer zu Nick. Kurz bevor er bei ihm ankommt, stattet er sich mit Handschuhen und Mundschutz aus, unterzeichnet das Tatortprotokoll und bleibt am Fuß der Leiche stehen.

Das Gesicht und der Körper der Frau ist aufgeschwollen. Vincent erkennt Blasen auf der Haut. Sie ist aufgedunsen und bleich wie weiße Kerze. Ihre Haare und Kleidung sind feucht und verfilzt, Schlamm oder Algen haften auf der Haut. Teile ihrer Kleidung ist vom Körper gerissen oder stark beschädigt. Der Geruch von Verwesung und Verwesungsflüssigkeiten geht nur schwach von ihr aus. Das kann ein Indiz dafür sein, dass sie nicht lange im Wasser gelegen hat. Fische oder andere Tiere haben noch keine Spuren auf der Haut oder den Körperteilen hinterlassen. Eine

Schlinge ist um den Hals verwickelt und die Hände wurden der Frau an ihren Handgelenken sauber durchtrennt. Der Täter muss ein feines Messer verwendet haben. Vincent erkennt kaum ein Schnittmuster. Ein Skalpell?

Nach der Musterung wendet sich Vincent an Nick. »Wie lange lag die Frau im Wasser?«

Nick kommt nach oben, nachdem er eine Probe von ihrer Kleidung in ein Gefäß gibt und es verschließt.

»Gemäß Verwesungszustand gehe ich von maximal acht bis zehn Stunden aus.« Nick zuckt mit den Schultern. »Da das Wasser sehr kalt ist, muss ich weitere Untersuchungen durchführen, um dir den genauen Todeszeitpunkt nennen zu können. Die genaue Bestimmung des Todeszeitpunkts bei einer Wasserleiche ist aufgrund der vielfältigen Einflussfaktoren oft schwierig. Ich verwende eine Kombination aus verschiedenen Methoden und betrachte auch den Kontext und andere Beweise, um eine Schätzung abzugeben. Ob sie ertrunken ist oder tot ins Wasser gelassen wurde, werde ich erst sagen können, wenn ich ihre Lungen untersucht habe.« Nick zupft an der Maske herum, bis sie wieder gerade auf Mund und Nase sitzt und fährt fort: »Livor Mortis, auch Totenflecken genannt, tritt ein, wenn das Blut in den Körperpositionen absinkt, in denen die Leiche liegt. Bei einer Wasserleiche können diese Flecken schwierig zu erkennen sein. Ich muss sie also genauer untersuchen«, sagt er achselzuckend.

Vincent nickt. »Wissen wir schon wer sie war?«

Nick schüttelt den Kopf. »Fingerabdrücke kann ich nicht nehmen. Wir müssen uns hier auf die Zähne verlassen. Die Taschen waren leer.« Er seufzt. »Alles weitere, wenn ich sie genauer untersucht habe«, sagt er. In dem Moment kommt Terry schwer atmend nach unten. »Die Frau wurde nicht hier ins Wasser geworfen. Wir ermitteln gerade die Strömungsrichtung«, sagt er keuchend. Er wendet sich Nick zu, ohne auf eine Antwort von Vincent zu warten und wiederholt die Frage nach dem Todeszeitpunkt. Anschließend wendet er sich ab und steigt nach oben.

Vincent zuckt mit den Schultern. »Er wird wissen, was er tut«, sagt er.

»Hm, ja«, murmelt Nick und beginnt gemeinsam mit einem Assistenten die Leiche für den Abtransport zu verpacken, während er weiter mit Vincent spricht: »Ich werde die Leiche auf weitere Verletzungen in der Gerichtsmedizin untersuchen. Ich melde mich so schnell wie möglich mit einem vorläufigen Bericht.«

Vincent geht vorsichtig, um keine Spuren zu verwischen, weiter runter zum Ufer und blickt sich um.

Der Potomac River ist ein beeindruckender Fluss, der sich durch die Hauptstadt der Vereinigten Staaten erstreckt. Im Januar kann er in einigen Abschnitten zugefroren sein, insbesondere wenn die Temperaturen längere Zeit unter dem Gefrierpunkt liegen. Momentan ist er nicht zugefroren, seit einigen Tagen bewegt sich das Thermometer um die sechs Grad in der Nacht und bis zu zehn am Tag. Man könnte nicht meinen, dass vor einigen Wochen noch ein Blizzard die Stadt heimgesucht hat. Die Ufer des Potomac River bieten eine malerische Kulisse. In der Nähe des Flusses befinden sich zahlreiche historische Stätten und Denkmäler, darunter das Washington Monument, das Lincoln Memorial und das Thomas Jefferson Memorial. Der Blick auf diese monumentalen Strukturen, die sich entlang des Flusses erstrecken, sind im Winter besonders beeindruckend, insbesondere wenn Schnee gefallen ist. Vincent ist froh darüber, dass es seit dem Blizzard im Dezember letzten Jahres keine Schneeflocke mehr gefallen ist.

Entlang des Flussufers gibt es auch eine Reihe von Parks und Grünflächen. Ein beliebter Ort ist der National Mall, eine weitläufige Grünfläche, die viele der wichtigsten historischen Sehenswürdigkeiten der Stadt umfasst. Der Fundort befindet sich allerdings weitab von Sehenswürdigkeiten. Der Killer hat vermutlich nicht beabsichtigt, Aufsehen zu erregen, oder er wusste nicht um die Strömung. Auf dem Wasser sind Boote der United States Park Police zu sehen, die für den Potomac River zuständig ist. Gemeinsam mit Terrys Kollegen durchkämmen sie den Bereich, den die Angler befahren hatten, um möglicherweise weitere Spuren zu finden. Die Hände des Opfers?

Aus welchem Grund hat jemand den Potomac-Killer nachgeahmt? Wenn er ihn tatsächlich zum Vorbild genommen hat. Dazu fehlen ihnen noch weitere Informationen, zum Beispiel, ob es Details zu dem damaligen Fall gab, die nicht an die Öffentlichkeit gegeben worden sind und aus dem Grund, sich die Tat an dem neuen Opfer unterscheidet.

Fest steht, dass sich der Mörder dieser Frau Mühe gegeben hat, die Tat so aussehen zu lassen, als sei sie von einem Serienkiller getötet worden.

Ende der Leseprobe

Printed in Poland
by Amazon Fulfillment
Poland Sp. z o.o., Wrocław

49892061R00159